Maria José Vera

AS TRANSGRESSÕES DO AMOR

TÍTULO: As Transgressões do Amor
AUTORA: Maria José Vera
PREFÁCIO: Julião Bernardes
POSFÁCIO: Maria Fernanda Alexandre

2.ª edição portuguesa e 1ª brasileira corrigida e aumentada: junho de 2020

---

editor: Sálvio Nienkötter
coeditor: Marcos Pamplona
editor executivo: Raul K. Souza
editora adjunta: Isadora M. Castro Custódio
editores assistentes: Daniel Osiecki e Francieli Cunico
editoração: Simion Doru Cristea
capa: Simion Doru Cristea, com pormenor do quadro *Alegoria da Primavera* de Sandro Botticelli
produção: Cristiane Nienkötter

Dados Internacionais de Catalogação na Publicação (CIP)
Angelica Ilacqua CRB-8/7057

Vera, Maria José
As Transgressões do Amor / Maria José Vera. — Curitiba, Lisboa: Kotter Editorial, 2020,
218 p.

ISBN (Brasil) 978-65-86526-32-5

1. Ficção brasileira I. Título

CDD. B869.3

20-2459

Kotter Editorial
Rua das Cerejeiras, 194
82700-510 | Curitiba/PR
+55 41 3585-5161

Maria José Vera

AS TRANSGRESSÕES DO AMOR

NARRATIVA

2ª edição corrigida e aumentada

KOTTER EDITORIAL

Curitiba
– 2020 –

A autora adverte que, quer as personagens que aparecem neste livro quer as situações descritas quer, ainda, a referência a quaisquer instituições retratadas, pertencem ao universo da ficção, pelo que não têm qualquer correspondência com a realidade.

A autora segue o Novo Acordo Ortográfico.

PREFÁCIO

DE TRANSGRESSÃO EM TRANSGRESSÃO APRENDEREMOS A AMAR

por Julião Bernardes

O livro que têm perante vós, *As Transgressões do Amor*, é uma obra de ficção, sim, mas da área do fantástico, o que me surpreendeu.

Previne-nos a autora, logo de início, que o livro, ainda manuscrito, lhe foi dado pela verdadeira escritora da obra, de nome Patrícia, uma mulher que, tendo chegado aos 80 anos, se viu a fazer a viagem inversa, a caminho da meninice; por volta da altura em que passava pelos seus quarenta e poucos anos, tinha escrito este livro, que dedica ao pai, uma vez que, durante a vida se dedicou mais à mãe. Patrícia ter-lhe-á pedido também que o publicasse com o seu nome, e Maria José Vera assim fez.

Ao lê-lo, surpreendeu-me, não a capacidade de escrita, que já lhe conhecia, mas a capacidade de inventar situações maravilhosas, fugindo ao dia-a-dia empobrecedor em que nos sentimos aprisionados, do qual só nos pode libertar um sopro de magia ou de sonho, como o proporcionado pela leitura deste livro, situações que nos encantam e fazem pensar no inconcebível, só imaginadas por quem tenta dar um sentido e uma finalidade à vida, para lá do «ramerrame» da luta pela sobrevivência.

Passo a passo a autora leva-nos pela mão a percorrer um caminho mágico, em que duas pessoas muito diferentes, de dois mundos separados, se apaixonam e nos vão dando a conhecer a sua evolução interior: Filipe e Roseta; ele, do Mundo da Linguagem, ela, do Reino Animal.

A cada página surpreende-nos o golpe de imaginação a dar um seguimento imprevisto a uma situação já de si inesperada. Através desse processo somos levados a seguir a autora com sofreguidão e, de certo modo, a participarmos no enredo, quanto mais não seja perguntando-nos, a cada linha, sobre o que virá a seguir.

Patrícia sonha ou inventa o que nos transmite? Sonho ou invenção, é a sua realidade, ter-lhe-á nascido na mente e aí perdurado como se o tivesse vivido, neste ou noutros tempos.

O que somos, afinal: o que lembramos? O que fazemos? O que nos assalta a mente enquanto caminhamos ou, simplesmente, descansamos?

Quantos de nós não tivemos já, nem que fosse em fugazes momentos, pensamentos semelhantes aos que nos são descritos em *As Transgressões do Amor*?

O tema central é o tema universal por natureza. Curiosamente, o título sugere-nos não se tratar, ainda, do verdadeiro amor, pois fala-nos das suas «transgressões», isto é das transgressões em seu nome cometidas. Não é de transgressão em transgressão que vamos evoluindo para planos espiritualmente mais elevados? O livro trata, pois, da procura do verdadeiro amor, daquele em que deixará de haver transgressões, em que não há violações em seu nome, porque ele, mesmo quando não compreende totalmente o outro, aceita-o como é.

Amar não é compreender – não se compreende seja quem for, nem a nós próprios, de uma vez; fazemo-lo passo a passo, porque a natureza de cada ser (o outro, eu) é muito complexa e anuncia-se momento a momento, circunstância a circunstância, não de uma vez. Amar é aceitar o outro (ou o próprio) como é, como o vamos descobrindo. Só aprendendo a aceitar se deixa de entrar em conflitos desnecessários: com o outro, ou comigo.

Para além de aceitar, o segredo é entregarmo-nos à vida, e ao que nela nos irá maravilhar se nos deixarmos ir na sua corrente, como rio entre margens: navegando, sem contrariar o percurso, contornando as dificuldades, tendo sempre em atenção o modo como o faremos sem nos desgastarmos demasiado, isto é, obedecendo à nossa natureza e adaptando-nos a cada momento; de certo modo, modificando-nos como o rio modifica a sua forma: se corre entre margens apertadas, engrossa o seu volume; se corre entre margens largas espraia-se, correndo lentamente.

O amor aqui retratado ainda não é, pois, o amor como ele deve ser, uma vez que há luta e enquanto há luta não pode haver aceitação. Há, subjacente, em todo o livro a angústia do querer, a angústia de quem corre tentando alargar as margens…

Maria José Vera sugere-nos muitos outros temas de que poderíamos ter falado; a reencarnação, por exemplo. Cada leitor valorizará o que lhe aprouver. Cingi-me ao Amor porque é ele, na verdade, o grande motor do desenvolvimento individual e, por isso, o grande motor do desenvolvimento do Mundo – ao instalar-se definitivamente em cada um de nós ele tudo arrastará para a harmonia desejada, sem subjugações, sem violência, sem exploração.

Parabéns Maria José, pelo prazer que nos deu a leitura deste livro diferente, onde o fantástico dá as mãos à realidade de vidas interiores desconhecidas mas reais. Publicar este livro representa um ato de coragem e o modo como está escrito – ritmo, imagens, sugestões – vem acrescentar valor à literatura portuguesa.

Monte Abraão, 28 de Abril de 2016

Julião Bernardes

AINDA SOBRE *AS TRANSGRESSÕES DO AMOR**

por Julião Bernardes

Este é um livro sobre o Amor e pode ser abordado de várias formas: cada leitor fará a sua leitura. Esta abordagem que vou fazer na apresentação de *As Transgressões do Amor* será, inevitavelmente, um pouco diferente da do prefácio, senão limitar-me-ia a lê-lo. Mas tudo se encontra no livro e nos é sugerido pela sua leitura.

* * *

Todos sabemos como é difícil fazer perdurar o amor, dia após dia, e como seria mais fácil desistir ao primeiro amuo. Não falo das relações de hoje em dia, naquelas que se procuram, se mantém por tempo curto e se desfazem porque se encontrou um "novo amor", como se amar fosse procurar o encontro com a pessoa certa até a encontrar e não a entrega, total e sem imposições à pessoa que nos atraiu e com quem mantemos uma relação saudável e aberta, sempre em busca do mútuo conhecimento, aceitando o outro como é, sem o tentar modificar.

É difícil manter o Amor, até quando pensamos viver até ao fim das nossas vidas com quem casamos. Não vale a pena esforçarmo-nos por tentar entender quem amamos, ou dizemos amar,

*Texto publicado no jornal *As Artes entre as Letras*, nº 174, julho de 2016, pp. 10-11.

porque amar não é compreender – intentá-lo só conduz ao desgaste, ao cansaço e daí à desistência vai um pequeno salto. Se muitas vezes nem nos compreendemos a nós próprios como queremos compreender os outros? Amar é aceitar o outro como é, sem condições, e gozar com ele os prazeres que a vida pode proporcionar, sofrer com ele quando ela nos é adversa.

Diz-nos a Autora (pág. 63):

> *"Disse-lhe que ela devia fazer sempre o que quisesse, que devia ser sempre quem era senão, um dia, deixaria de o amar. E isso, ele não queria que acontecesse."*

Nunca conhecemos quem amamos: construímos uma imagem idealizada da pessoa amada, que só por acaso corresponderá ao que ela é. Também esse conceito está contido neste livro (pág. 44):

> *"Assim, por exemplo, ela não reconhecia que aquilo que lhe parecia ser uma carruagem puxada por 8 cavalos era, afinal, uma nave, um poderoso engenho, um sistema de injeção quântica."*

> *"Ele, por seu lado, também vítima desconhecedora das trapaças da época, quando olhava para aquela mulher, reconhecia-a a seu modo: via-a como uma formosa princesa."*

Até naquela época, em que conviviam em simultâneo vários tempos, segundo a Autora, o amor cegava os amantes.

Hoje em dia são muito frequentes os saltos de um para outro corpo, talvez fruto do medo do tédio, de fazer todos os dias o mesmo, sem uma chispa de imprevisível a despertar ou a manter o interesse. Persegue-se a busca da novidade, como se alguma vez a novidade trouxesse, só por si, a estabilidade que não encontramos em nós. A verdade é que hoje a maior parte dos "amores" morre antes de ter existido – não se lhe dá nem tempo nem espaço para sobreviver.

Também neste livro há diversas ligações de pessoas diferentes, mas, curiosamente, elas são sempre as mesmas, em tempos diferentes, como se a Autora nos quisesse dizer ser a vida assim, de encarnação em encarnação.

Aceitar o casamento para a vida toda parece ter os dias contados; foi um (pre)conceito de outras eras e que começou já a ser visto como coisa ultrapassada. Até entendo que assim seja! As amarras são muitas – religiosas, sociais, legislativas – a impor um mundo de barreiras que entravam o nosso crescimento individual.

Em *As Transgressões do Amor* aparece esse conceito (pág. 84):

"*Também não conseguia imaginar Filipe feliz a viver com uma mulher. Não queria, desse modo, casar com ele.* ***Não encontrava palavras ou conceitos que definissem o lugar*** *que desejava ter junto dele. Mas estava certa de que ambos o descobririam. Suspeitava, contudo, que não seria nem um lugar nomeável, nem convencional.*"

Atrevo-me a dizer que só o indivíduo é importante; o resto, Família, Sociedade, País, são criações nossas a impor-nos o medo de fazer tudo e mais alguma coisa, porque é pecado, porque parece mal ou porque seremos punidos pela lei se o fizermos. Mas, inexoravelmente, virá um dia em que a nossa evolução individual nos permitirá vivermos sem leis que não sejam as da nossa própria consciência, definitivamente humana, totalmente moral, porque espiritual. Não é a matéria uma criação do espírito? Então nessa altura o corpo (a matéria) terá o seu valor devido (o que lhe deve ser atribuído), nunca o valor absoluto da procura do prazer pelo prazer – o prazer animalesco. A riqueza será medida pelo valor intrínseco de cada um, não pelos dólares ou pelos euros que possui na conta bancária ou em paraísos fiscais.

As pessoas só encontrarão a felicidade quando valorizarem o espírito, dando ao corpo o lugar secundário que lhe compete, não se entregando a quem o atrai apenas pela beleza do corpo mas também, e sobretudo, pela beleza espiritual.

Também estas ideias aparecem no livro e, apesar dos desentendimentos que, por vezes, surgem entre os dois amantes, há um desejo de comunhão que se traduzia, em Filipe, "*por um desejo de regressar ao Mundo Animal de Roseta*" e, em Roseta, "pelo desejo de encontrar as palavras exatas para se expressar" e não deixar dúvidas quanto ao que queria dizer. Trata-se, pois, da entrega ao ser amado, só assim se satisfazendo esse amor.

Filipe "*apercebia-se da alteração das leis habituais que regiam a vida*" e "*ambos recordavam todos os gestos, cheiros e palavras trocadas, sôfregos de se reverem e se reinventarem.*" (pág. 52)

Procuravam, desesperadamente, o verdadeiro Amor, aquele em que o que há que modificar para cada um se tornar o que o outro vê em nós, só pode ser feito pelo próprio (pág. 78):

> "*Mais tarde, aqueles olhos haveriam de ser reconhecidos pelo homem que amasse Roseta. Ele descodificar-lhes-ia a origem e recolocá-los-ia na sede da sua proveniência, libertando Roseta da dor herdada. Desencantá-la-ia, fazendo renascer nela uma outra mulher.*"

No verdadeiro Amor não interferirá a razão (pág. 123):

> "*Flor de Seda, de ti não tenho dúvidas de querer ter um filho. Já escolhi mulheres pela razão e tudo deu mal. Contigo, a escolha é pela intuição!*"

O Amor é, pois, a contínua descoberta do outro; só assim é possível cada um elevar-se espiritualmente, ainda que através dos sentidos físicos, a dar ao corpo o uso para que ele foi concebido: servir-nos de veículo para outros voos (pág. 125):

> "*Surpreendes-me quando mudas! Mudo, quando me surpreendes.*"

Só através dele a Terra poderá ser, toda ela, a tal Ilha dos Amores de que nos fala Camões nos *Lusíadas*; sem a Ilha da Barataria de que nos fala Cervantes no *Dom Quixote*.

Nela haverá o verdadeiro Amor em todos nós e ninguém roubará nada a ninguém. Só então poderemos falar em Globalização, a verdadeira, aquela de onde terá desaparecido a primazia dos sentidos, substituída por um Amor sem transgressões.

Sem a parte espiritual, a parte física de nada vale e a nada conduz senão à destruição. É difícil obtê-la integralmente? Será. Foi difícil ir à Índia e voltar, é difícil a vida de todos os dias. Imaginem o trabalho que não deve ter dado polir umas camadas de vidro que se colaram para fazer uma lente, por exemplo, para observar as estrelas; é um trabalho monótono, repetitivo, constante, de paciência, de pormenor, até se obter a perfeição da lente. Alguns de nós devem ter feito essa experiência em criança. Assim deve ser o trabalho de nos modificarmos, até podermos gostar de nós o suficiente para gostarmos do outro como ele é e não como gostaríamos que ele fosse. A modificação do outro só a ele compete decidir fazer e efetuar.

Pode levar anos, uma vida inteira, mas sem esse trabalho de paciência, de persistência, de nos polirmos, digamos, nunca poderemos almejar termos relações felizes, física e moralmente.

As transgressões de que fala este livro conduzem-nos a estes pensamentos, para além de, em certos momentos mágicos, nos inundarem a imaginação e nos fazerem lê-lo com o desejo de o fazermos continuadamente, para vermos como termina.

Encontramos nele – na Autora – um conhecimento profundo da natureza humana e, de transgressão em transgressão, vamos entrando facilmente na maneira de ser e de pensar de cada personagem, pois a Autora descreve-lhes os pensamentos como se estivesse dentro de cada uma.

Encontramos também personagens em diversos estágios de autoconhecimento e que, na busca de si e de uma boa relação com o outro, nos vão dando conta da sua evolução a caminho do verdadeiro Amor, em pensamentos descritos em frases muito bem elaboradas, por quem nos aparece já, neste primeiro livro, com uma escrita própria muito segura:

> "*Tinha de haver algures um encaixe entre o desejo, o querer e mais qualquer coisa, definitivamente importante, que não sabia o que era, mas sabia reconhecer. Só então zénite e nadir se encontrariam, realizando-se nela.*" (pág. 42)

> "*Sabia que, se não pudesse ser quem era, nada mais poderia acontecer entre ambos.*" (pág. 49)

> "*Entregou-se a Filipe e ficou pequenina. Entregou-se e ficou mulher. Entregou-se e sentiu-se viva. Para depois morrer. E em seguida renascer.*
>
> *Entregou-se a Filipe e quis entregar-se mais. Mais e mais. Entregou-se e achou insuportável deixar de o fazer.*" (pág. 57)

Pois é: o Amor é entrega e, quando o fazemos, só isso importa, sentimos como se fôssemos um; somos. Sem transgressões.

No final e dando utilidade a toda a experiência adquirida em outras vidas, Pedro cria a Academia dos Amadores do Desejo, através da qual, no fim da formação nela adquirida, todos os que a ela tivessem acedido "*alcançavam o 'verdadeiro amor', o único digno desse nome, porque dele tinham sido expurgadas a dependência e a criancice.*" (pág. 173)

Proponho-vos que leiam *As Transgressões do Amor* e se deixem enredar nos vários episódios descritos pela Autora, passados em tempos diversos. Sigam pois, com ela, as 3 vidas das personagens que imaginou, ou sentiu.

É essa a melhor homenagem que lhe podem prestar e que a Autora merece.

Monte Abraão, 12 de Junho de 2016

Julião Bernardes

PALAVRAS PRÉVIAS 1*

por Maria José Vera

Saúdo os meus amigos aqui presentes e todas as outras pessoas em particular. Agradeço esta expressão maravilhosa do vosso afeto. Estou emocionada com a vossa presença e também com o acontecimento do lançamento deste meu primeiro livro de ficção.

Ajudei ao lançamento dos onze livros de poesia do meu pai, o poeta António Vera, mas nunca pensei viver o lançamento de um livro meu. António Vera, sempre presente no meu coração e na minha memória, está feliz. Nunca me disse pessoalmente, porém, vim a saber mais tarde, pela boca de uma sua amiga que visitei no leito de morte, a Maria de Lourdes Cunha, ele lhe haver confidenciado que gostaria muito de ver publicados os meus escritos. Foi esta revelação surpreendente, ocorrida há cerca de dois anos, que me fez pensar em publicar o livro que agora dei à estampa. Digo «surpreendente» porque nunca tinha pensado nisso antes. Pelo contrário, era ele ainda vivo quando lhe mostrei o esquiço deste trabalho e ele comentara: «escreve antes as coisas da psicanálise que são mais importantes. Já tens tantos trabalhos publicados, reúne-os, aprofunda e publica.».

---

* Texto lido no dia 13 de junho de 2016, na Praça Verde, Feira do Livro de Lisboa.

Enquanto companheiro e ser primordial da minha existência (física, intelectual, moral), a ele confiei todos os meus escritos. A sua opinião era luz de que não prescindia. Dele esperei sempre a crítica verdadeira. Não era dado a elogios infundados. Corrigia-me a eloquência e a escrita. Fiquei, por isso, muito mais insegura com a sua morte pois não é comum encontrar-se quem nos ame o suficiente para nos corrigir e sem uma crítica justa não se pode progredir. A ele dediquei este livro.

Encontrei no poeta Julião Bernardes um pilar amigo. Que dizer da sua colaboração? Foi um amigo incondicional. Acolheu de imediato o meu escrito, sugeriu-me alterações e disponibilizou-se para me prefaciar e apresentar o livro, oferecendo-me palavras e atribuindo-me sentidos que o meu «eu autoral» nunca antes havia concebido. A ele o meu eterno agradecimento.

Os agradecimentos não estariam completos se não mencionasse quem, despudorada e veementemente, me incentivou a publicar desde que nos conhecemos. Refiro-me a um homem que ama a palavra escrita, o livro e a cultura e que tem, tal como Julião, obra extensa publicada. Refiro-me a José Fernando Tavares que exultando, há quatro dias atrás, por ver, finalmente, o livro impresso, lhe chamou de «neto». Ao José Fernando sou devedora de imensa gratidão. Ele guiou-me, aconselhou-me, apresentou-me a editora, a Calçada das Letras… fez tudo o que eu dificilmente seria capaz de fazer para mim própria.

Quanto ao livro é pura ficção, mas enquanto criação, entrelaça as dimensões do desconhecido inconsciente do narrador com as dimensões do seu «eu vivido», sem com este se confundir; não é, pois, autobiográfico, fundamentando-se inevitavelmente no seu campo experiencial e da prática clínica da Psicanálise.

O que se desenvolve nesta narrativa ficcional, quase obcecadamente, é a natureza do experienciado no instante fugaz do encontro com o amor enquanto entidade. Esse instante, situado algures entre o maravilhoso e o terrível assustador, está representado no pormenor que elegi para a capa.

Trata-se de um pormenor do quadro de Botticelli, a *Primavera* ou *Alegoria da Primavera*, que retrata o momento em que Zéfiro, figura em tons azuis cinza à direita, que representa o vento oeste e cortante do mês de março, sequestra a ninfa, Clóris. Zéfiro sopra-lhe, insinuando-se e fecundando-a. Clóris, ainda desconhecedora do amor, teme e deseja em simultâneo aquele amor carnal. É esse momento de metamorfose e fecundação, representado pela torrente de flores, que Clóris-Flora exala, que ficciono nesta obra. Este quadro de Botticelli possui uma narrativa que começa da direita para a esquerda, justamente no pormenor enunciado na capa. À semelhança do quadro, também a narrativa de *As Transgressões do Amor* procura retratar o momento do encontro inicial. Não é uma ficção sobre o desenvolvimento amoroso, mas sim sobre os inúmeros recomeços desse encontro iniciático.

Trata-se do momento em que ocorre a metamorfose interna radical que torna mulher a mulher, desta vez totalmente feminina, exuberante e representada pela figura da Primavera. Também Botticelli, enquanto sábio e artista, soube compreender esta metamorfose, representando-a alegoricamente deste modo. «Transgressão» também significa «conversão»: é uma manifestação de mudança, essa dialética quase trágica que converte um estádio evolutivo noutro estádio mais avançado, cumprindo-se, desta maneira, aquilo a que ainda podemos chamar o milagre do amor, esse mesmo milagre a que os deuses não são alheios, pois nem eles são indiferentes ao amor.

Este livro procura, assim, compreender a angústia do encontro amoroso, encontro que conduz à mudança, essa eterna metamorfose espiritual que corresponde à verdadeira transgressão do nosso estádio inicial para uma plenitude que todos sabemos reconhecer, mas quase nunca explicar. Ou seja, aquilo que se conta neste livro não tem uma explicação definitiva: cabe ao leitor pôr-se no lugar destas personagens, auscultar a sua complexidade e dar-lhes um sentido; não o seu sentido definitivo (pois esse é inalcançável) mas aquele que está ao alcance da nossa linha do horizonte. Para lá dessa linha, avulta o mistério, o inexplicável, essa dimensão do maravilhoso que só existe no sonho, veículo indispensável de toda a arte.

Agradeço, uma vez mais, a vossa atenção e resta-me convidá-los para uma ligeira degustação.

Lisboa, 13 de junho de 2016

Maria José Vera

PALAVRAS PRÉVIAS 2*

por Maria José Vera

Saúdo, pela segunda vez, todos os meus amigos presentes neste espaço consagrado ao livro e ao convívio, salientando a expressão maravilhosa do vosso afeto. A vossa presença emociona-me e estimula-me a continuar esta jornada criativa, a qual permitiu a realização de um segundo lançamento do meu primeiro livro de ficção.

Aproveito também para agradecer à livraria Bulhosa esta oportunidade.

Para apresentar o meu livro convidei dois oradores de distinta formação: a Dr.ª Maria Fernanda Gonçalves Alexandre e o poeta Julião Bernardes.

O poeta Julião Bernardes, para além de ter sido um grande amigo do meu pai, deu-me o privilégio de escrever o prefácio deste livro. Julião Bernardes é autor de treze livros de poesia, de quatro livros de prosa, e tem uma vasta colaboração em livros coletivos de prosa e de poesia, tendo também sido tradutor do poeta castelhano Juan Delgado López e retrovertor para aquela língua de alguns poetas de língua portuguesa. Coordenou os volumes coletivos *Poetânea* e *Aquilégia*. A sua

---

* Texto lido na *Livraria Bulhosa*, em Lisboa, no dia 3 de dezembro de 2016, aquando do seu segundo lançamento.

fina sensibilidade e o seu talento criativo são devidamente reconhecidos e apreciados por aqueles que conhecem a sua obra.

Agradeço ao poeta Julião Bernardes o carinho e o cuidado que me dispensou.

A Dra. Maria Fernanda Alexandre é licenciada pela Universidade René Descartes, em Paris. É psicóloga clínica e da saúde, psicoterapeuta e psicanalista. É membro didata da Sociedade Portuguesa de Psicanálise e membro da Associação Internacional de Psicanálise, membro da Sociedade Europeia de Psicanálise da Criança e do Adolescente, entre outras instituições. Foi Presidente do Instituto de Psicanálise, Presidente da Comissão de Ensino naquele Instituto e é atualmente Diretora da *Revista da Sociedade Portuguesa de Psicanálise.* Para além de um grande número de comunicações em congressos e de vários artigos científicos publicados em revistas da especialidade, é autora dos seguintes livros: *Mudanças Psíquicas no Processo Terapêutico – O Papel do Narcisismo*, publicado em 2007 e *A Experiência Psíquica – Ensaios sobre a Construção do Processo Psicanalítico*, publicado em 2014.

O convite que formulei à Dr.ª Maria Fernanda Alexandre, para além do seu prestígio profissional, deve-se ainda ao facto de ela ter sido a minha psicanalista.

Agradeço à Dr.ª Maria Fernanda Alexandre a sua análise que abre novas perspetivas sobre esta narrativa.

O meu grande agradecimento para os dois oradores, cujo contributo para o conhecimento deste meu livro constitui a primeira manifestação crítica sobre ele de carácter público, para além das diferentes opiniões que sobre ele foram manifestadas nas redes sociais.

Gostaria de acrescentar um breve apontamento quanto ao livro: este é uma ficção, a qual se apoia, tal como não poderia deixar de ser, na minha experiência pessoal e profissional enquanto psicoterapeuta e psicanalista.

O título para ele escolhido enfatiza a transformação psíquica radical operada pelo amor e a sua dimensão transgressiva imanente, na medida em que transgressão também significa «conversão». Trata-se, pois, de uma ficção sobre a manifestação da mudança psíquica, essa dialética quase trágica que converte o ser da relação amorosa, de num estádio evolutivo noutro estádio mais avançado.

Este livro procura, assim, celebrar este milagre, representando o motivo do amor enquanto sentido do mistério da existência, enquanto procura incansável e obstinada desse momento de plenitude do ser que nos assiste, esse ser que existe em cada um de nós, para que o milagre da vida possa alcançar o seu sentido mais luminoso e mais verdadeiro. O amor cumpre-se na mudança, nessa eterna metamorfose espiritual que corresponde à verdadeira transgressão do nosso estádio inicial para uma plenitude que todos sabemos reconhecer, mas quase nunca explicar.

E é tudo. Agradeço, uma vez mais, a vossa simpatia e a vossa presença.

Lisboa, 3 de dezembro de 2016

Maria José Vera

ANTELÓQUIO

Estas narrativas foram escritas por Patrícia. Patrícia enviou o manuscrito, pedindo-me para que o publicasse com o meu nome o que, sendo uma prática possível, acabei por aceitar, embora com restrições.

Acerca de Patrícia, estou unicamente autorizada a revelar um curto excerto da sua carta, que a seguir transcrevo.

Ela é uma estudante de Ciências do Ambiente que, nascida em Coimbra com oitenta anos e criada em Lisboa, percorreu, rejuvenescendo, o caminho inverso ao do tempo.

Contudo, a lógica implacável da vida, mesmo quando revertida, obrigou-a a meditar e a decidir-se pela necessidade de comunicar. Vê-se compelida agora a fazê-lo, antes de perder, na idade dos seus quarenta e quatro anos, aquilo que mais deseja conservar: o sentido da realidade.

Este é o primeiro livro que dá à estampa, impulsionada pelo amor e pelo homem que ama.

Dedica *As Transgressões do Amor* ao pai.

Quando lhe perguntei o porquê, explicou-me terem sido muitos os anos dedicados à mãe. Considera que lhe sobram poucos para adorar o pai. É a esta paixão despudorada e impenitente que se entrega agora.

Os ciúmes são despropositados. Ela é assim quando ama.

Fragmento da carta de Patrícia:

[...] *Tenho, desde sempre, problemas com a inscrição no tempo. A minha condição peculiar assim o tem determinado. Por esta razão, é-me praticamente impossível contar uma história sem que a narrativa surja algo confusa. Desse facto me penitencio mas, ao anunciá-lo, simultaneamente me redimo e previno o leitor incauto.*

Trata-se de um problema de identidade. No entanto, ilumina-me a esperança, e algures a certeza, de que é pela escrita que me descubro uma outra e transponho os meus limites de razoabilidade.

Ser cada vez mais e melhor é um objetivo que se desenvolve no sentido infância-maturidade. No meu caso, não tenho outro remédio senão aceitar ser cada vez menos e pior, aprendendo o caminho que leva ao lugar do esquecimento.

Auxilio-me ainda da memória, é verdade. Mas vou-me já perdendo no emaranhado das difusas emoções.

Vale-me ainda o verbo que, contudo, ameaça já escapar-se e tornar ao lugar do corpo.

Em cada palavra que escrevo, revisito a memória e dela me despeço.

PRIMEIRA PARTE

Travessia de Filipe e Roseta
do «reino da linguagem» ao «reino animal»

I
A época do Meio

Naquela época, chamada «do Meio», os sábios e os poetas tinham por missão surgir no caminho dos mortais para os obrigar a pensar. Normalmente, tudo acontecia sem que estes se dessem conta, tal era a arte e a discrição dos iluminados.

Os sábios não queriam ser adorados. Na época do Meio, o maior galardão a que um iluminado ou poeta podia aspirar era o de ser ouvido, influenciar e ser usado pelos homens.

Os factos agora descritos pela mão de Roseta estiveram sob a orientação espiritual de Omar Khayyam, o poeta persa que tanto influenciou o Ocidente. No entanto, os protagonistas desconheciam esta influência na época em que a viveram.

Somente mais tarde, na época do Agora, Omar revelar-se-ia à memória prodigiosa de Pedro para que este pudesse elucidar aqueles que lhe estavam mais próximos.

Foi num final de tarde em que Pedro escutou dentro de si o verso vinte e nove do Rubaiyat[1]:

Os sábios e os filósofos mais ilustres caminharam nas trevas da ignorância.

E, todavia, eles eram os luminares da sua época.

Que fizeram?

Pronunciaram algumas frases confusas e depois adormeceram para sempre.

II
Filipe

Filipe olhou de novo para o seu reino. Da janela do escritório, uma miríade de luzes assinalava a cidade. O seu poder e conhecimento tinham, em parte, contribuído para esse esplendor. Uma grande responsabilidade pesava sobre os seus ombros. Regra geral, não pensava assim. Porquê pensar agora? Tentava não o fazer porque isso o atrapalhava.

Abriu a porta da sala de armas e contou as suas que eram, entre as dos antepassados, as que menos uso haviam tido. Disso, secretamente se lastimava. A época em que vivia não permitia o gesto sanguinolento, enquanto expressão de si próprio.

A hipocrisia e a manipulação anónimas imperavam. Eram as modalidades socialmente consentidas de expressão da violência natural. Em consequência, estavam reduzidas, se não mesmo abafadas, as possibilidades de realização do potencial mais ferozmente genuíno que cada um possuía. A honra havia cedido lugar ao contrato social.

Aqueles raros que, como Filipe, possuíam consciência do facto, dificilmente se conformavam com a privação do uso das armas. Sofriam, porque detinham uma ferocidade que exigia diferente enunciação.

Um dos preços a pagar por aquele tipo de ordem social, Filipe sabia-o bem, era o da perda do acesso ao amor louco.

Filipe achava que a vida fora injusta para consigo. Preferiria ter nascido noutra época.

Possuía um vasto painel de conhecimentos, o que o levava a poder ensinar o que lhe aprouvesse. Uma curta pausa e alguma investigação bastavam para descobrir conceitos e pensamentos abstratos onde outros só vislumbravam o concreto. Filologia, filosofia, antropologia, história, biologia, música, letras, tudo dominava. Causava espanto a quem o ouvia. No auge dos seus cinquenta anos considerava-se um pensador.

O que poucos sabiam é que a sua capacidade de pensar a si próprio causava temor. Onde o pensamento o levaria era algo que desconhecia no ato de começar a pensar. Secretamente, isso intimidava-o. É que, depois de ter pensado, ficava escravo da descoberta. Não podia mais negar o pensamento surgido, e esse podia ser um indesejável e inoportuno objeto.

Melancólico, Filipe encerrou a porta atrás de si e mergulhou na penumbra da biblioteca. Vislumbrou as lombadas de mais de trinta mil livros. As cores não se distinguiam, mas ele lembrava-se das horas e dias percorridos na sua companhia. Em cada livro encontrara um interlocutor com quem estabelecer uma conversa de comunhão ou divergência.

Na entrega àquela paixão da leitura, deixara que os seus negros olhos se cansassem e a barriga crescesse. A sua mente permanecia viva, atenta e indomável, qual menino curioso que exercia furiosamente a liberdade dos seus impulsos epistemofílicos.

Filipe percorreu o corredor, rumo à sala de música. Com um leve toque, fez escuridão total; com outro, fez-se assistir ali, ao vivo, sozinho e de mansinho, ao *Requiem de Mozart*. Não lhe apetecia ir ao aposento do lado, o da ópera. Assim já lhe chegava, para uma curta pausa.

Amava os filhos acima de tudo: entre estes contava os que eram seus (e eram muitos) bem como os que adoptara, protegendo e ensinando. Ensinar era a sua forma predileta de cuidar.

Porque persistia, naquele dia, uma insuportável sensação de falta?

«A cidade era também sua filha», pensava. Sonhava deixar-lhe o melhor de si. Sonhava comunicar-lhe conhecimento e uma experiência viva de superação de si mesmo.

Porque é que os seus alunos insistiam em julgar que ele queria ficar para a história? No seu íntimo, sabia que fazia já parte da história dos muitos que ajudara e educara.

Ele queria contribuir para que os homens pudessem assumir ainda mais a sua humanidade mas, muitas vezes, o seu raciocínio traía-o, influenciado pelo passado animalesco da humanidade.

Comprazia-se em ver a cara incrédula dos outros quando lhes dizia querer ficar para a posteridade. Interiormente ficava cheio de vontade de rir. Filipe sabia que a memória era curta, a história fugaz e que um simples incêndio destruíra a Biblioteca de Alexandria. Lembrou os antepassados distantes, os helenos, e fechou a porta do seu coração.

Sentiu-se carrasco de si próprio, mas regressou com novo alento ao escritório. Ali estava em paz, protegido pelo seu vasto conhecimento. Fazia o que sabia fazer e isso dava-lhe prazer.

Lá pela tardinha, ajeitou a gravata e perfumou-se. Tinha um secreto desfrute em ver os outros idolatrarem uma vaidade que não sentia por si. Eles não sabiam como ele se ria de tudo aquilo.

Naquele opulento cenário em que vivia, sabia que cada aspeto de si devia estar em consonância com o todo. Tinha de ser assim, para poder deixar a mente e o interior libertos, enquanto o figurino e o decoro irrepreensíveis faziam, sem custo, o resto: jantar com o Ministro do Conhecimento, almoçar com o Presidente da Comissão da Sabedoria e, enfim, orientar os muitos que o procuravam.

Às vezes desencorajava-se, pensando que ninguém conseguia perscrutar-lhe o íntimo. Nessas raras ocasiões, permitia-se alguma amargura. Mas no essencial, no afã diário do que intitulava ser a «sua missão», não era assim.

Por vezes pensava que a sua vida era um enorme desperdício. Mas o sentido que dera à vida vinha logo, qual serviçal prestimoso, tomar o lugar da dúvida que era afastada para bem longe. Pensava, nesses invulgares momentos, o que mais poderia fazer por si próprio a não ser servir os outros? E tudo regressava, paulatinamente, à normalidade.

* * *

Um dia Filipe deu umas aulas para aprendizes da arte de pensar. Subordinara o curso ao tema «Cultura e Ambiente». A assistência era vasta e variada. Homens e mulheres de diferentes idades, com diversos graus e tipos de formação, ouviam-no com interesse.

Durante o curso reparou numa mulher que ali estava e sentiu um sobressalto. Quando os seus olhos cruzaram os dela, pressentiu que a fazia sonhar. Ela parecia deixar-se ir ao ritmo dos exatos conteúdos que ele transmitia.

A sua pequena estatura, idade madura e cabelos negros em desalinho lembraram-lhe, de repente, o campo esquecido de que se afastara há muito: o perfume da terra molhada. Pensou que ela estava ali para aprender. E ela estava. Mas viver era o maior dos seus sonhos.

À noite, no escritório, Filipe tomou a decisão de lhe escrever: chamá-la-ia para uma entrevista. Tinha todo o poder e prestígio para o fazer. Queria conhecer melhor o cheiro que dela evolava. Tocou num botão e surgiu, vindo da sombra, com passos curtos mas decididos, o lagarto de libré que há muito exercia a função de mordomo ao serviço de Filipe. Inclinando-se, serviçal, cumpriu de imediato a ordem do dono: procurar a aluna e entregar-lhe a missiva.

III
Roseta

Foi longa a viagem do lagarto. Aquela mulher vivia noutro reino, longínquo e quase desconhecido. Ela tinha hábitos diferentes dos de Filipe. À noite, olhava a lua, as estrelas, falava com os bichos e era irreverente, conquanto pudesse ser bem-educada quando queria. Quando ela não falava com o sapo amigo, era porque estava muito doente. Nessas ocasiões era ele quem se lhe dirigia. Traduzia-lhe os sonhos e, para ela não se cansar muito, lia-lhe as emoções. Ela melhorava assim.

Embora, ela e o sapo, fossem à cidade muitas vezes, a sua casa era no bosque. Tinha alma de feiticeira, adorava vários deuses e tudo o que lhe apetecia. Fazia mezinhas, poções variadas e acreditava em tudo, principalmente nos momentos em que lhe acontecia ter pensamentos de crença.

Nunca quisera pôr a cabeça mais em ordem do que o necessário. E o necessário, achava ela, era sentir-se bem com quem se descobria ir sendo.

Ouvira falar, por uns amigos, das palestras de Filipe. Interessara-se.

Agora deslocava-se periodicamente ao reino dele para o ouvir.

Ela não tinha nenhum curso, nem nunca pensara em vir a ter. Tinha jeito para falar com animais, plantas e pessoas que a procuravam para tentarem, com ela, descobrir meios de resolução de pequenos problemas domésticos: rosas que teimavam em murchar; bebés que não tinham riso de bebés; gatos que se fechavam em estranhos armários, etc.

Entusiasmava-se com aquilo que designava por «a sua quinta». Nela viviam todos os que amava e conhecia. Era uma aldeã. Filipe, pelo contrário, era um citadino.

Na cabeça daquela mulher existiam múltiplas teorias sem nome sobre a vida e sobre as coisas que não tinham coerência. Isso não a preocupava. Se, até em Física, existiam várias teorias explicativas sem uma mais abrangente que explicasse a totalidade dos fenómenos, porque é que ela, simples e pequena mortal, se haveria de preocupar em atingir alguma coerência na mente?

Estava sempre a desejar ter tempo para visitar o templo das suas contemplações. Ficar embasbacada a olhar uma flor, uma vaga, qualquer coisa. O pensamento corria então, e até podia ser que fosse interessante.

Aprendera a viver assim depois de muitos desgostos com o querer, e aprendera que o querer nem sempre era o que melhor lhe convinha.

Tinha de haver algures um encaixe entre o desejo, o querer e mais qualquer coisa, definitivamente importante, que não sabia o que era, mas sabia reconhecer. Só então zénite e nadir se encontrariam, realizando-se nela.

Porque era muito infantil, a sua família era toda de animais. Vivia sozinha com dois cães, seus filhos, e mais um cão. Era um mundo de poucas palavras, muitos guinchos e latidos.

Ela sabia-se só. Mas não se sentia sozinha.

* * *

Nos últimos dias andava preocupada. Não conseguia concentrar-se nos trabalhos da quinta e fazer as leituras prévias necessárias à melhor compreensão das palestras de Filipe. Recebera já a carta que este lhe enviara pelo lagarto. Filipe dispunha-se, amavelmente, a ir ao seu encontro.

Ela conhecia-lhe já a carruagem puxada por oito cavalos reluzentes. Em tempos, já se perguntara porque precisava ele de tantos animais ao seu serviço. Se lhe fosse dado escolher, preferia que ele fosse ter consigo montado num único cavalo. Seria muito mais simples.

Dava-se conta da presença de fantasias estranhas, oriundas de um lugar que desconhecia. Seriam os astros que, posicionados em estranha constelação, a faziam imaginar-se sequestrada por ele? Ou teria sido a curta troca de impressões que tivera com um dos cavalos dele, a responsável por aquela ideia? O facto é que, quando se imaginava na entrevista com Filipe, esta cedia de imediato lugar à intimidade. Culpava-se pelas suas manias de ler as estrelas e de se entregar a confabulações.

* * *

É preciso abrir aqui um parêntese a fim de explicar que, naquela época, conviviam em simultâneo vários tempos. Este facto misterioso dava origem a muitas confusões e enganos, mas também proporcionava a via para as metáforas e para a poesia.

Aquela mulher, residente no reino animal, sempre que olhava para Filipe, que era do reino da linguagem, nem o reconhecia como ele era, nem o situava no tempo dele: transmutava todas as imagens, sensações e percepções nas equivalentes do seu universo conhecido.

Assim, por exemplo, ela não reconhecia que aquilo que lhe parecia ser uma carruagem puxada por oito cavalos era, afinal, uma nave, um poderoso engenho, um sistema de injeção quântica. Se tal soubesse, não se poderia ter dado àquela breve troca de impressões que ocorrera com um dos equídeos de Filipe.

Ele, por seu lado, também vítima desconhecedora das trapaças da época, quando olhava para aquela mulher, reconhecia-a a seu modo: via-a como uma formosa princesa.

IV
Encontro

Foi num final de manhã que Filipe foi buscar a aluna a casa. O cocheiro de Filipe aguardava-a fora da carruagem, abrindo-lhe a porta. Segurava uma bandeja de prata nas suas rugosas patas de réptil. Nela repousava uma estrelícia. Com um gesto hábil Filipe pegou na flor e ofereceu-a à mulher. Ela, embaraçada, evitou o olhar.

Filipe levou-a para o seu escritório. No caminho falaram pouco. Ela estava pouco à-vontade. Ele não.

À chegada, Filipe abriu-lhe a porta que dava para um largo corredor. No silêncio que ambos fizeram, os passos ressoavam pesados no soalho.

Filipe abandonara o ar distante que até ali mantivera. Parecia mais acolhedor. Sentou-a na sua frente e fez-lhe perguntas. Numa delas, ela sentiu que ele entrara diretamente na antecâmara do seu íntimo. Entre os seus e os olhos dele havia uma cortina de fumo. Mas Roseta percebeu que Filipe auscultara o seu íntimo.

Os dois apaixonaram-se e trocaram muitas palavras de amor.

No coração dela, poderia ouvi-las até à eternidade.

Ela já tinha estado apaixonada. Mas nunca assim. A voz dele enlouquecia-a. Sabia reconhecer, pela prática e por conversas tidas com outros animais, ser aquele um sinal inequívoco de paixão.

Ele queria levá-la para o palácio do cimo da cidade, coroá-la de riquezas e de todos os bens porque a amava. Ela queria ir. Porém, sentia-se perdida nos domínios dele.

Para viver, precisava da floresta, das árvores e dos raios de sol que brincavam no seu corpo. Não queria dizer isto a Filipe porque o amava e esperava, ainda um dia, transformar-se.

Mas, até lá, ia pedindo tempo e espaço, palavras que punham Filipe nervoso e enfadado. Ele chegara mesmo a pensar que ela sofria de uma qualquer doença. Por pouco, não a mandara tratar-se à cidade por si governada.

Talvez tenha sido a imperscrutabilidade daquela mulher a razão que levou Filipe, num dia de desespero, a atribuir-lhe o nome de Roseta. Disse-lhe com amargura e graça que, para a compreender, já mandara vir a Pedra de Roseta do Egito.

A ela valera-lhe, no auge da perturbação, uma conversa com o mais íntimo de todos os cães, o pai, que lhe dissera que paixão não era para tratar, mas para viver e ganir.

* * *

E foi assim, para abreviar, que o desencontro se deu.

Um dia ele exibiu-lhe o sexo, como quem revela o seu tesouro.

Ela ficou transtornada.

«Parece um frango depenado!», exclamou.

Ela recordara de repente os frangos da sua aldeia, transformando o estranho inquietante em algo já seu conhecido. Conseguira, dessa maneira, atenuar o assombro.

Tal inusitado comentário significava, na linguagem dela, algo que podia pertencer à sua quinta. No entanto, uma vez que o que ele lhe mostrava era o sexo dele, ela concluía que Filipe era um homem e não um cão.

Contudo, o que poderia ter sido o início de uma brincadeira entre ambos, feriu de morte a vaidade de Filipe e o amor dos dois. Nos dias seguintes ela viu, estampado no rosto dele, o efeito desastroso das suas palavras. Ele, homem pouco habituado a linguagens animalescas, campestres e de gente rude, ficara melindrado.

Para remediar, Roseta, numa tarde em que estiveram juntos no escritório dele, procurou inspiração no curso sobre Cultura e Ambiente que ele andava a leccionar e ao qual ela assistia. Utilizou algumas justificações técnicas para o seu comportamento, todas elas sentidas como verdadeiras mas que, mais tarde, descobriu não o serem.

Falou-lhe de correntes e marés, do *Golf Stream*, de ambientes do Triásico e Jurássico e de todos os dados atmosféricos que pôde convocar como hipotéticos.

É que ela estava, por condição de feiticeira, sempre pronta a duvidar de si própria, dos seus feitiços e poções. Pôr-se em causa era duro, mas conhecia bem essa aspereza e praticava-a há muito. Era a única maneira de descobrir o que correra mal numa qualquer mezinha.

Contudo, nenhuma desculpa parecia servir Filipe.

«Porque me fizeste isso?», repetia magoado.

Ela sentia-se impotente. Não podia apagar o sucedido. Ia falando e andando, de lá para cá, no escritório dele. Estava atrapalhada e embaraçada com o que dissera.

Ele estava sentado e começou a segui-la com um olhar apaixonado e divertido. Quando ela se deu conta, sorriu. Seria aquele o término de um pesadelo? Achou que sim.

Ele, que não era um parvo mas um mestre, de tudo quanto ela dissera, retirara, e bem, a autenticidade dela e a essência da verdade: ela magoara-o sem ter sido de propósito.

Mas ela, que era dada a ruminações mentais, ficou entristecida por tê-lo ferido. Tal facto piorou o ambiente entre ambos.

* * *

Ela sempre fora quem Filipe intuíra.

Filipe tinha, para além dos trabalhos diários, o culto da arte da adivinhação. Dedicava-se a essa arte metodicamente, como ao resto da sua vida.

Através da adivinhação, descobrira que Roseta era brincalhona. Ela era-o, na verdade, embora não conseguisse estar ainda à vontade com ele. Imaginava-o alguém com um severo código de regras e imposições acerca dos modos de dizer e de consumar a vida. Tal ideia assustava-a.

Ela queria cumprir todas as alíneas que supunha pertencerem ao tal «código». Só que, ao fazê-lo, perdia a espontaneidade que era a qualidade que ele mais apreciava.

Como desconhecia o íntimo dele, emudecia, ficava sem sono, e andava angustiada. Em vez de prosseguir, tranquilamente, cumprindo os seus afazeres, perdia-se em confabulações até de madrugada. Nem a falta de tempo, a quinta para cuidar ou as artes das poções, a conseguiam desviar daquelas ideias. Sabia que, se não pudesse ser quem era, nada mais poderia acontecer entre ambos. Admirava-lhe a persistência no amor: qual vinhateiro que ia para colher as uvas que sabia estarem lá, só lhes via os engaços, mas não desesperava de vir a colhê-las um dia.

É certo que Filipe, por vezes, duvidava da própria intuição que tivera acerca de Roseta. Nesses momentos de incerteza resolvia o assunto embrenhando-se mais no trabalho.

* * *

Ele dissera que, um dia, viveriam juntos: se não fosse agora, seria mais tarde. Ela acreditava nisso, porque não era capaz das mesmas atitudes de Filipe. No entanto, era capaz de coisas que ele também sonhava fazer. Filipe não sabia, mas o que mais desejava era deixar de ser objetivo, de ter palavras convenientes e, porque não?, regressar ao mundo animal. Se possível, expressar-se unicamente por silêncios e gestos, cujo sentido ela descobriria.

Roseta, desconhecedora do desejo dele, sofria por não encontrar as palavras exatas para se expressar e, a todo o momento, surgiam desentendimentos que, sendo magnificados, a assustavam.

Nesses momentos Filipe mostrava-lhe exatamente o que ela tinha dito. Ela afligia-se de ter dito tal coisa, afligia-se de ele ter percebido aquilo e não o que ela queria dizer. Filipe tinha razão mas, no entender dela, ela também a tinha.

O caminho afigurava-se-lhe tão penoso que resolvera ficar em silêncio. Seria a melhor solução para não o perder.

Apoquentava-se com a eventualidade de, num segundo, deitar tudo a perder com um erro seu. Por vezes, pensava que seria melhor frequentar de novo a escola. Assustava-a a eventualidade de se descontrolar e de ser brejeira.

Mais tarde, pedir-lhe-ia que a deixasse falar de tudo quanto lhe viesse à cabeça. Que ele não ligasse à forma, mas somente ao sentido do que ela dizia. Ou, melhor ainda, que nem ao sentido ligasse, só ao intuído. E, se possível, que nem mesmo do intuído ficasse prisioneiro.

Desejava que todas as dúvidas fossem desfeitas; que ele acreditasse no seu amor, único pilar de que sabia ter a certeza.

Temia-se a si mesma. Andava deprimida. Sentia-se em desordem.

Até então não acreditara que seria possível ele gostar dela e não lhe exigir qualquer precisão na linguagem. Andava em pânico e a perder o brilho que ele tanto amava.

Porém, Roseta sabia que, se desistisse de falar, estaria a cometer um homicídio: matá-lo-ia no seu coração. Isso, ela não queria.

Ele tinha o condão de a transportar para sonhos próximos de uma concretização possível. Ele prometia transportá-la a momentos que ela só vivia no reino da fantasia: via-se na Ópera de Paris a chorar perdidamente, a ouvir Mozart ou a olhar a arte de Chagall.

Com a esperança de que ele a ajudasse a revelar quem ela era, alguém com incertezas, imprecisões e outras linguagens, resolveu escrever-lhe.

Enviou-lhe uma carta pelo sapo para que ele se deleitasse na leitura. No final, assinou «Roseta» e datou: Pérsia, vigésima quarta lua, ao dobrar do céu para infinito.

Ele respondeu-lhe na volta do correio com uma única frase: «quero a Roseta».

No dia seguinte, quando se encontraram, recebeu dele um novo nome: Flor de Seda.

* * *

Flor de Seda abriu a porta do seu quarto. O quarto que ele perscrutara atentamente naquela manhã.

No breve silêncio que Filipe fizera, ela lera interrogações que não chegaram a ser formuladas.

Filipe registava tudo quanto ela dizia. Por isso, achava injusto que ela não se soubesse escutada. Dissera-lhe que dele poderia esperar ser sempre compreendida. Ela duvidara.

Ela não sabia que ele, olhando a cama, se imaginara nela consigo.

Intimamente, ela agradecera a discrição de Filipe. Ele calara a impressão estética desagradável que o quarto lhe causara. O branco das paredes repugnara-o.

Filipe não sabia que, em visões, ela tinha por companheiros Miró, Magritte, Dali, Klee, Bosch, Almada, Giotto, Botticelli, Dürer, Vieira da Silva. Não sabia que, em tempos, ela havia resolvido abolir as reproduções dos grandes artistas da sua vida. O branco estava mais de acordo com a expetativa de encontrar, um dia, alguém que a preenchesse e a ajudasse a ilustrar a vida.

Desde a manhã em que ambos se haviam encontrado, eram convocados, em pensamento, àquele quarto. De uma forma inesperada e súbita, a memória do que tinham vivido interrompia o momento presente. Mesmo que estivessem a trabalhar, eram para lá transportados pela mão dos sábios que lhes faziam pensar a vida. Estes sabiam como eram difíceis as resoluções de mudança, e como estas se resolviam mais facilmente no lugar do desejo.

Tudo se passava de um modo estranho. Filipe, que era, dos dois, o que possuía um espírito mais científico, apercebia-se da alteração das leis habituais que regiam a vida. Perguntava-se que fenómeno desconhecido estaria a ocorrer.

Filipe e Flor de Seda recordavam todos os gestos, cheiros e palavras trocadas, sôfregos de se reverem e se reinventarem.

V
No fundo dos olhos dele

A Primavera já começara quando, numa tarde, Flor de Seda resolveu regressar a casa mais cedo, movida pelo desejo de estar sozinha com os seus sentimentos e com as suas memórias.

Entrou no quarto e afastou a cama. Pôs a nu o centro de si mesma, aquele que Filipe desejaria ter visto: o do espaço negro do meio. Fixou o escuro deixado pela cama.

Como já há muito não fazia, entoou uma longa cantilena. Era a sua forma de chamamento do conselho místico. A ele revelava tudo, como a mais ninguém ousava confiar.

Daquela vez a resposta veio ao fim de pouco tempo. O conselho estaria consigo daí a duas horas.

Deixou-se ficar. Era tudo mais fácil, até mesmo aguardar, desde que tinha Filipe na sua vida.

Passado o tempo anunciado surgiu, em vez do conselho, um mensageiro que lhe entregou um papel. Nele lia-se, unicamente, a palavra «dois».

Roseta refletiu: dois, igual a *alfa e ómega*. «Um» era o espaço entre «dois», o princípio e o fim, a distância única e inexorável que lhe era dado viver.

Sentiu um baque no peito. Percebeu que fora recusado o seu pedido. Estava abandonada a si mesma.

Decidida ainda a ter esperança na presença dos sábios na sua vida, colocou no chão, em círculos e em volta de si, a Suna, os Vedas e os Upanishads, a Bíblia, uma estatueta de Confúcio e outras de Sidharta, de Zaratustra e de São Francisco de Assis. Depositou ainda no soalho uma fotografia de Espinosa, a dedicatória de Ginsberg, uma poesia de Dom Juan, o xamã, um pedacinho das películas de De Sica, Kazan, Von Treers, Luís Buñuel, Win Wenders e Ingmar Bergman; umas páginas de Edgar Poe, E. T. A. Hoffman, O'Henry e Yukio Mishima; um conto de Jorge de Sena e outro de António Botto, e deitou-se ao centro.

Relembrou a palavra «dois» trazida pelo mensageiro. Pensou que «dois» era também tudo o que ela e Filipe, absolutamente livres, poderiam fazer juntos.

Afinal, talvez o conselho pudesse realizar-se dentro de si. Contudo, dentro dela, surgia agora a imagem de Filipe entristecido. A sua voz modificava-se de dia para dia. As recusas e hesitações dela eram disso responsáveis.

Ela guardava as mensagens dele, enviadas pelos animais--correio, durante vários dias, para as ler todas de seguida, como quem escuta uma melodia. Ouvia a melodia para além das palavras ditas até estas formarem um padrão autónomo, um novo sentido. Surgia, então, algo parecido com uma pauta musical ou um gráfico de som. Parecia-lhe que, daquele modo, ouvia melhor Filipe. No final, tinha vários textos construídos sobre um mesmo texto.

* * *

Era quase noite quando Flor de Seda, atordoada, se surpreendeu com o facto de se ter abandonado tanto tempo à espera de um conselho que não viria a acontecer. Estava entorpecida e, porque não dizê-lo?, um pouco desanimada e triste. Pensou levantar-se mas, de repente, deixou de ter noção do chão debaixo de si.

Rodopiou no espaço e foi caindo de bruços. A cabeça e, depois, o corpo contataram um líquido que podia ser água, mas não era. Parecia o fundo da plataforma continental: escuro, breu.

Mergulhou mais e mais, enquanto uma dor dilacerante se instalava no peito. Em seguida, ficou pequenina na imensidão negra.

Ouviu vozes ao longe durante muito tempo. A dor foi passando.

Soube, por intuição, que iria tombar para dentro de Filipe. Progressivamente foi sendo envolvida por uma doce densidade de luz e de som. Foi ficando sozinha naquele fundo. O corpo parecia um boneco tombado, sem vontade própria.

Perdera qualquer vestígio de intenção.

O espaço em volta parecia contê-la no abandono. Aos poucos, sentiu próxima de si uma presença: a de Filipe.

Ele pegou-lhe na imobilidade. Aconchegou-a. Levantou-a e começou a cantar docemente em aramaico:

«Quando... o continente dela encontra o conteúdo dele. Quando... o continente dele encontra o conteúdo dela. Quando... ele perde continente e conteúdo pelos dela... E ela perde continente e conteúdo pelos dele... um paradoxo acontece...»

Ela entreabriu os olhos. Ele prosseguiu:

«Ele fica com mais continentes, espaços interestelares para explorar... Ela, com mais conteúdos, planetas, atmosferas, bandas luminosas e radiações para descobrir...».

Flor de Seda percebeu, naquele instante, que a espécie de oceano aonde caíra era o lugar no interior dos olhos dele. Percebeu que ele estivera o tempo todo a seu lado, esperando ser reconhecido.

* * *

Entraram noite dentro, ali mesmo. Ela entregou-se a ele, sem pensar.

Se pensasse, não se teria entregado. Se pensasse, saberia que a partir da hora em que fosse dele, não suportaria mais voltar à casa onde vivia. Não suportaria, igualmente, que ele voltasse para o palácio. Uma dor insuportável instalar-se-ia no seu coração.

Entregou-se e ficou à mercê. Quis que ele a levasse e dela cuidasse.

Pensou que casar não seria o melhor. Preferia ser adoptada. Mas, naquela época, não se adoptavam mulheres feitas e, muito menos, com pais vivos. Ter-se-ia de rever a lei, e tal não seria possível.

Ela achava que, para Filipe, o único laço sempre eterno era o do sangue. Então, era esse o único que desejava ter com ele.

Sabia-se pouco razoável, mas nada do que era razoável se aplicava ao que sentia.

Entregou-se a Filipe e ficou pequenina. Entregou-se e ficou mulher. Entregou-se e sentiu-se viva. Para depois morrer. E em seguida renascer.

Entregou-se a Filipe e quis entregar-se mais. Mais e mais. Entregou-se e achou insuportável deixar de o fazer.

Não interessa aqui relatar como ambos o fizeram. Simplesmente importa revelar que o fizeram como se fosse a primeira, a última, a única vez.

De tal ocasião ela recorda, ainda hoje, o desejo dela, o dele, o riso dele, o dela, o peso dele, o dela.

Nessa noite, ela acrescentou ao nome dele o de «Carinho» e ele, ao dela, os de «Princesa» e «Amor».

Ela pediu que ele a tratasse sempre bem, mesmo que nada fosse mais nada, nunca mais.

Ele disse não poder imaginar tal dia: aquele impossível dia em que deixaria de a amar.

VI
Um corpo desconhecido

À noite, depois de deitar os filhos, Flor de Seda ficava, absorta, a relembrar o tempo vivido com Filipe. Nesses momentos a vida passava mais depressa.

Numa dessas ocasiões, lembrou-se da última vez que fora à cidade para assistir a uma das palestras dele.

A meio da preleção dera por si a escutá-lo num lugar improvável da sua anatomia: ouvia-o a partir do útero!

Assustara-se e enrolara-se sobre si mesma.

Evitava que o corpo se abrisse totalmente na direção de Filipe. Se assim continuasse, algo de extraordinário, cujo desfecho não poderia impedir, estaria prestes a acontecer.

A dado momento ele, estranhando a sua atitude corporal, dissera-lhe qualquer coisa para a remover daquele estado. Estava preocupado. Temia que ela se despedaçasse de tristeza.

Porém, não era tristeza o que a acometia. Ela resguardava-se de se estatelar ali mesmo, no chão, assaltada por uma ofegante e estranha emoção.

Por isso, quando ele se lhe dirigiu, ela temeu que as suas palavras pudessem chamar sobre si a atenção dos presentes, e o seu estado fosse publicamente denunciado.

Olhou-o, raivosa. Contudo, ao ver o sorriso dele, compreendeu o seu afeto e o carinho implícito. Então compôs-se rapidamente na cadeira.

Daí em diante pensar em Filipe provocava-lhe um efeito idêntico: algo se modificava no fundo do seu corpo, como uma expetativa à qual se abria.

Ficava transtornada só por responder às cartas que ele lhe escrevia. Nunca sentira nada assim. Ele abria as portas da criatividade dela e, também, as da sua tristeza.

VII
Nudez

Flor de Seda andava obcecada com a ideia de se fundir em Filipe. Porém, sabia que isso só aconteceria quando ficasse interiormente despida perante ele. Só a partir desse momento, de extrema e total vulnerabilidade, passaria a pertencer-lhe.

Não lhe interessava se ele sentia idêntica necessidade. As exigências de um não teriam de ser forçosamente as do outro.

No entanto reconhecia que Filipe já dissera, em tempos, algo parecido com o que sentia agora.

Ele dissera que só valia a pena ficarem juntos pela fusão. Naquela altura não o percebera bem, mas com o passar dos acontecimentos ia sendo esclarecida.

«Despir-se» era revelar-lhe o íntimo. Algo que raramente expusera na vida.

Antevia a hora em que retiraria do seu pescoço o fio com os amuletos das crendices para o colocar na palma da mão dele. Ele, que teria estado de olhos fechados, abri-los-ia nesse instante.

Imaginava que ele poderia ter uma reação de estranheza por descobrir o espírito crente dela.

Ela antecipava, nas suas fantasias, esta cena inúmeras vezes. Em todas elas parecia-lhe impossível a revelação, dada a perda abissal que implicava. Filipe, ao abrir os olhos e ver os amuletos, ficaria transtornado. Esconderia o que pensava, para não a ferir e perder, mas ficaria desapontado. A sua boca faria um certo trejeito, que ela identificara já como um sinal de contrariedade. No final, ele afastar-se-ia.

Todavia, como acontece em excepcionais vezes na vida, o que de pior se imagina não se concretiza na realidade.

Por esses momentos de inusitado e imprevisto fantásticos, Flor de Seda achava que valia a pena viver.

Tudo aconteceu naquele dia em que se encontraram pela primeira vez no fundo dos olhos dele.

Ela contou-lhe tudo quanto a preocupava acerca das suas crendices e feitiços, e nada do que temera sucedeu.

Primeiro, Filipe perguntou-lhe qual o lugar que os amuletos ocupavam na sua vida. Ela, que não percebeu bem a pergunta, respondeu-lhe que eram uma infantilidade. Depois, ficou envergonhada.

No meio do sofrimento em que se encontrava (da resposta dele dependia, segundo ela, a possibilidade de haver ou não um futuro para ambos) faltaram-lhe as forças.

Flor de Seda caiu aos pés dele, e entregou-lhe o cabelo para ele acariciar. Ele fê-lo, com ternura.

Desses momentos ela guardou uma doce e terna memória.

Depois caiu um silêncio. Ele quebrou-o, dizendo que gostava dela criança.

Ela serenou e foi, frenética e feliz, preparar-lhe um café. Deixou-o sozinho na sala.

Passados instantes ele foi ter com ela à cozinha. Levava um sorriso luminoso, próprio de quem tinha alcançado a solução para um problema.

Disse-lhe que ela devia fazer sempre o que quisesse, que devia ser sempre quem era senão, um dia, deixaria de o amar. E isso, ele não queria que acontecesse.

Ela olhou-o e percebeu que ele não a queria perder. Amou-o ainda mais.

Lembrou-se do pai que adivinhara que Filipe, acaso gostasse da filha, seria inteligente e maduro o suficiente para não ligar importância aos paradoxos dela. Mas ela precisara de uma fé inquebrantável em si própria e no amor de ambos para se revelar.

VIII
Intimidade

O pai de Flor de Seda, ciente das ansiedades da filha, chamou-a um dia a casa para conversarem.

Nesse encontro tranquilizou-a, dizendo que as crendices faziam parte da graça que ela tinha. Que era com essa graça que se escrevia poesia e se faziam coisas que outros não ousavam.

Segundo ele, uma alma atormentada valia muito mais que uma alma serena. E a filha sempre fora inquieta, desde miúda.

O pai lembrou à filha alguns dos múltiplos interesses e posições que ela tomara na vida, muitos deles já por ela própria esquecidos. Judiciosamente recordou-lhe que todas as vezes que estava obcecada por uma ideia, nada mais parecia contar até ao dia em que tudo passava. Nessa altura ela olhava para trás, para si própria, e ria-se quando não chorava. Do passado restava sempre a lembrança quente de uma paixão intensamente vivida.

Porque amava e compreendia a filha, não a achava estouvada. Filipe não era da opinião do pai de Roseta. Haveria de comentar, um dia, que a ela faltava um pensamento que subordinasse todos os outros. Essa falta de sistematização impedia-a, no seu entender, de uma maior realização das suas possibilidades.

Filipe desconhecia que ela só tinha, por chão interior, a dura rocha. A sua meteorologia interna, conquanto parecesse temperada e doce, era desabrigada e algo violenta, impedindo, quer o cultivo orientado das ideias quer o armazenamento dos pensamentos em feixes ou silos.

O pai de Flor de Seda, que a conhecia desde sempre, opinou que os recentes estudos da filha eram mais uma das suas perecíveis obcecações.

Quando tal ouviu Flor de Seda ficou aborrecida. Os seus estudos eram o mais importante, a resposta a todos os mistérios.

Ele lembrou-lhe que, para ela, o «tudo» era sempre uma questão de vida ou de morte. Não adiantava discutir quando ela estava assim convicta. Ela era incrivelmente teimosa, curiosa e irreverente. Isso não teria importância alguma para quem a amasse. Quem a amasse viveria bem com as suas peculiaridades, porque «isso» era ser humano e nada monótono.

Mas, acaso ela quisesse (o pai retomou o que supunha ser a preocupação central da filha), mesmo com todas as desvantagens que ele antevia, ele oferecia-se, desde logo, para lhe tirar as crendices. Ela que fosse falar consigo mais vezes e ele havia de lhas tirar.

Nessa tarde pai e filha relembraram Bertrand Russell, Jean-Paul Sartre, Michel de Montaigne, e outros. Riram-se os dois, a bom rir, das figuras dela.

O pai sentenciou que, tal como ela sabia bem, o espírito da crendice era contrário ao da ciência, e ainda mais contrário era ao espírito da ciência que ela estudava agora. Na opinião do pai isso não a deveria inquietar ou diminuir, porque o ser humano, por muito racional que fosse, teria sempre dentro de si um outro, primitivo. Quem não o pudesse reconhecer, ou era pretensioso, ou falso e desiludido. E sem ilusão não se podia viver.

* * *

Nessa noite Flor de Seda sonhou que estava na gare de um aeroporto, pronta a partir. A mala faltava, mas o pai levava-lha. Era uma mala grande e cinzenta com listas vermelhas. Ela abria-a e, lá dentro, encontrava dois dos quadros de Chagall, cujas reproduções a haviam acompanhado na infância.

Resoluta, com uma das mãos pegava na mala, com a outra os dois quadros amados, e partia.

Ao acordar lembrou-se de que fora o melhor amigo do pai quem lhe oferecera, em menina, uma série de reproduções daquele pintor. Ela pendurara-as no quarto. Pontes, era assim que ele se chamava, o amigo que enchia a casa de Flor de Seda com gargalhadas e cor. Flor de Seda revia em Filipe os trejeitos e a graça daquele amigo e, bem assim, a paixão por aquele pintor.

IX
Transformações

No meu começo está o meu fim. Uma após outra
As casas erguem-se e caem, desmoronam-se, são aumentadas,
São mudadas, destruídas, restauradas, ou onde estavam
Fica um descampado ou uma fábrica ou um desvio.
De pedra velha a edifício novo, de lenha velha a fogos novos,
De fogos velhos a cinzas e de cinzas à terra
Que é já carne, pele e fezes,
Osso de homem e bicho, haste de trigo e folha.
As casas vivem e morrem: há um tempo para edificar
E um tempo para viver e para procriar
E um tempo para o vento quebrar a vidraça solta
E abanar o lambril onde se apressa o rato do campo
E abanar o arrás em farrapos lavrado com uma divisa silenciosa.

Flor de Seda cantarolava aquele começo de *East Coker*[2]. Eliot tocava-a de muitas maneiras: era a majestade da poesia.

Nos últimos dias, algo que com ele se relacionava persistia, germinando, dentro dela.

Estava completamente retirada da concentração do trabalho.

Sentia-se a morrer.

De manhã não conseguira, sequer, tratar dos cães. Tinha os sentidos trocados. Achava que os olhos deveriam tatear. Mas eles não lhe obedeciam. As mãos deveriam ver. Mas estas recusavam-se, estavam cegas.

Só havia o nada e o escuro, sem fundo ou perspetiva.

Encerrada num claustro desconhecido, perdera os seus cinco sentidos.

Fora de si vagueava um outro eu, sósia, que trabalhava, persistia em existir, e pretendia ainda ver a manhã e a noite de cada dia.

Ao longe ouvia vozes chamarem umas quaisquer terminações em «inho» ou «inha».

Prostrada, de olhos vazios, não sabia nada sobre os seus encontros, marcações ou datas. Pedia interiormente a Filipe que este a fosse buscar àquele lugar de nenhures e a levasse para um outro, o único onde sabia que ainda existia: o lugar junto a ele.

Flor de Seda lembrava-se, vagamente, de que o pai se propusera retirar algo de seu interior.

«As crendices!», recordou subitamente.

O pai não suspeitara que a filha pensara, aquando da sua conversa com ele, que as crendices dela só poderiam sair se algo semelhante, mas contudo diferente, lá entrasse.

Flor de Seda pressentia em Filipe alguém capaz de fazer aquela substituição. Filipe era alguém que a recriava e fecundava.

Nela, eclodia um novo estado de espírito. Na escuridão daquele dia, apercebia-se que as crendices se desfaziam e renasciam de modo diferente.

Recordou aquele domingo no qual, numa conversa telefónica com Filipe, este ouvira a voz dela enquanto os sinos repicavam.

Ele pensara que ela ia a mais um dos seus encontros místicos. Ela não desfizera o equívoco porque precisava, desesperadamente, que ele a amasse: a pessoa que ela mais odiava: ou seja, ela própria.

Ela esperava que, pelo efeito da imersão no afeto dele, essa Flor de Seda, por si detestada, deixasse de existir.

À semelhança do que sucedera na sua vida, na hora exata de mudar, nem tinha pena, nem saudade. Não lamentava nada. Sentia simplesmente vertigem, novo começo, alento e uma inquebrantável certeza de que aquilo que desprezava jamais lhe faria falta.

Sabia que teria de aguardar a mudança. Ela viria silenciosa e abrupta.

Os efeitos, esses, seriam tormentosos, mas não seriam mais do que os ecos de uma revolução já passada.

X
Passeio entre as araucárias

Principiava a tarde quando Filipe desceu a colina em direção ao mar. O dia estava brilhante. A sua mente também. Sentou-se perto de um zimbro selvagem, admirando-lhe a resistência e a força de viver.

Lembrou-se de Flor de Seda. Imaginou-a com quinze anos, a balouçar no cimo da falésia, à beira do abismo.

Adivinhava-lhe um tempo em que ela visitava, diariamente, o pôr-do-sol no cimo das escarpas, projetava-se para dentro do mar escuro e fundia-se com ele, nos despojos do dia.

Pressentia nela uma dor precoce de se saber só. Uma dor que nem a presença do outro, os livros, as conversas ou os sonhos tinham suavizado.

Filipe divagava, quando ouviu vozes de mulheres que se aproximavam.

Olhou. Tinham ar de serviçais: cabelos desalinhados, vestuário antiquado, desbotado e pouco cuidado. Sentiu-lhes o cheiro da transpiração dos primeiros dias de calor.

Uma das mulheres era alta e tinha um ar de camponesa. Trazia um avental que passara já por muitas lixívias. O cabelo claro, parcialmente amarrado atrás, na nuca, compunha-lhe o rosto oval. Trazia um bebé ao colo e resolveu sentar-se junto de Filipe.

Filipe estranhou aquela proximidade. Fez menção de se afastar mas ela, com um gesto, pediu-lhe para ficar.

Ele ficou, curioso mas desconfortável.

Pouco depois, outra mulher acercou-se deles. Trazia também uma criança de colo. Sentou-se, como quem está disposta a encetar uma conversa a três.

Filipe achou demais. Levantou-se, e ficou a observar a cena ao longe.

A primeira mulher iniciou um diálogo pouco plausível com a criança que tratava por Manuel. Falava como se o bebé pudesse compreendê-la. Enchia-o de carinho, festas e meiguices. O bebé ria e esperneava. Ela esperava que ele fizesse um gesto para, nesse momento, o seguir com um outro. Ele, por seu turno, esperava um sinal dela. Agitava-se, feliz.

Ela entabulou uma conversa na qual aludia à existência de outro bebé, gémeo daquele. Segundo ela, Manuel tinha tido mais sorte que o irmão.

Este ficara com a mãe e estava demasiado magoado para se revoltar. Recebera o nome de um imperador, de modo a ocultar o desprezo que os pais haviam sentido pela raça humana.

Ele teria uma infância plena de estudo e labor porque a mãe profetizara que ele só seria gente no dia em que falasse, detivesse conhecimento e, enfim, fosse alguém. Até alcançar esse dia, ficaria confinado ao degredo, com a imensa tarefa de aprender por si só. Teria por sustentação a esperança, o alimento e a visão do que alcançaria no dia em que dominasse o verbo.

A mulher sentenciava, porém, que a felicidade não poderia ser alcançada sem o corpo. E o corpo, esse, tinha-o Manuel, a brincar com o sorriso dela, com o som das suas palavras e com o sol.

Manuel parecia tudo compreender no seu sorriso de criança. Enquanto a mulher falava, ele brincava com os cabelos castanhos-claros dela.

Do pai dos gémeos, esta mulher só sabia que era ainda menos terno do que a mãe, e ainda mais ausente que esta. Seria, por isso, incapaz de propor um outro método de educação para o filho.

Manuel, o enjeitado, tornara-se Emanuel para aquela serventuária. Ela levara-o consigo, para sua casa, onde nada era exigido aos bebés nem às crianças, a não ser serem autênticas.

O gémeo que ficara com os pais estaria condenado a não obter carinhos até aprender a falar. Em consequência, iria perder, em cada dia da sua infância, um pedaço da sua doce e delicada pele. Ficaria, no final, em carne viva. Para se proteger dessa dor, construiria um mundo só seu que o proviria de toda a beleza, doçura, melodia e cor.

Ninguém, a não ser a mulher que, no futuro, o amasse, daria conta dessa defesa. No justo momento em que ela de tal se apercebesse, iria ao encontro dele para lhe dizer que jamais, fizesse ele o que fizesse, ela se deixaria magoar. Dar-lhe-ia eterna desculpa e justificação para todas as agressões, porque teria compreendido que a violência dele não a tinha por alvo. Nem sempre seria tarefa fácil pois ele, quando magoado iria, certeiro, ao ponto mais sensível. À medida que fosse crescendo, o gémeo de Manuel seria reconhecido por ter elevado sentido estético e muita inteligência. Enquanto expiava a sua dura pena (e nela se enraizava), uma crescente e interminável fila de livros aguardá-lo-ia sempre. Pela cultura e pela razão alcançaria o almejado afeto. Quando os obtivesse, meditava a primeira mulher, ele pensaria o quê? Tanto trabalho e sofrimento para tão fraco resultado.

Porém, nessa altura, seria já demasiadamente crescido e bem-educado para qualquer reclamação. Ficar-lhe-ia por ensejo encontrar o amor, sem a horrível condição do saber.

Contudo, iria sentir, durante toda a existência, a maldição de se saber demasiado culto. Uma parcela capital da sua ingenuidade básica tinha sido prematuramente confiscada pela infância infeliz. E, pior ainda, tinham-lhe sido imputadas as penas da insatisfação perene e da maldição de uma memória que não permite esquecer agravos.

Ele seria meticulosamente dado às artes das trevas. Destruir-se-ia todos os dias, mal o sol se pusesse, e reconstruir-se-ia, envolto em ideal e doçura genuínas, na aurora da manhã seguinte. A primeira mulher chorou amargamente sobre o destino do gémeo de Manuel mas, acalentada por alguma irrazoável esperança, prometeu a Manuel aproximá-lo do irmão, acaso algum dia viesse a encontrá-lo e a reconhecê-lo. Ela pensava que o encontro dos dois a ambos beneficiaria. Reconhecer-se-iam na perfeita simetria dos opostos: o que um possuiria a mais seria, precisamente, o que estaria em falta no outro.

* * *

Um vento rasteiro agitava a vegetação, assinalando o meio da tarde. Havia no ar um cheiro a tojo e a urze. Era fácil imaginar por ali lebres e coelhos selvagens.

A segunda mulher, cuja idade rondava já os quarenta, era morena e mais nova que a primeira. Contudo, a sua face estava mais vincada pela dor e, naquele momento, pelo espanto. Estava impressionada com o que ouvia.

Compelida pela urgência de quem descobre, finalmente, o intérprete certo para as suas perplexidades, começou a falar compulsivamente.

Também ela andava, há muito tempo, preocupada com a menina que trazia consigo.

Segundo ela, muitas eram as parecenças entre ambas as crianças, a sua e a da outra mulher.

A sua menina tinha recebido o nome de Maria Roseta, Maria da parte da mãe, e Roseta da parte do pai. Mas ela sabia que a criança se chamava Maria porque era do sexo feminino, e Roseta porque era o apelido do pai ausente, que descuidara a mãe e a filha.

A mãe, que ficara louca com o abandono do marido, não conseguira impedir que os seus olhos fugissem para o infinito. Com a secreta esperança de salvar a filha do mesmo destino, entregara-a aos cuidados desta empregada.

Infelizmente, relatava esta mulher, quando Roseta fora para o seu colo era já tarde de mais. A dor da mãe havia atingido a filha. Os olhos vazios daquela tinham-se refletido nos da menina, determinando o seu destino.

Mais tarde, aqueles olhos haveriam de ser reconhecidos pelo homem que amasse Roseta. Ele descodificar-lhes-ia a origem e recolocá-los-ia na sede da sua proveniência, libertando Roseta da dor herdada. Desencantá-la-ia, fazendo renascer nela uma outra mulher.

Porém, até chegar esse dia, Roseta sentir-se-ia condenada a caminhar sobre um mar gelado. Veria a mãe como se esta estivesse petrificada num cais, à espera que a filha lhe devolvesse o marido ausente. A menina acabaria por fazê-lo, muito mais tarde na vida, quando conseguisse fazer as pazes com o pai.

Até chegar esse dia, Roseta sentir-se-ia exausta, a escalar uma escarpa íngreme, sem fim, a pique sobre um despenhadeiro. Sentir-se-ia a subir uma escada de corda que balouçava sobre o abismo. Sempre que estivesse quase a atingir o chão seguro, cairia para trás, recomeçando vezes sem conta.

Outras vezes, a menina ver-se-ia mergulhada num mar escuro, com uma corda em volta do pescoço, tentando, com todas as suas forças de criança, salvar do afogamento o pai, a mãe e a si própria. O enorme esforço não teria, mor das vezes, a recompensa do êxito. Viveria, então, a angústia de soçobrar com eles.

Noutras ocasiões ainda, ela desejaria esconder-se dentro da arca congeladora da mãe e, aí, aguardar o regresso do pai.

Uma coisa era certa, na opinião da segunda matrona: das muitas dores que afligiriam aquela menina, só o amor que a reconhecesse a poderia salvar.

No tempo que seria dado viver a Roseta, esta desenvolveria um espírito contraditório, mas não conflituoso.

Roseta nunca conciliaria a sua alma infantil, plena de sonhos e de mitos, com a sua outra, resultante da luta pela sobrevivência. Esta última ancorar-se-ia na dura escarpa da existência, e nela tornar-se-ia velha, muito antes de ter sido menina. Ficar-lhe-ia uma fé construída tardiamente, em oposição a uma visão que, nem sendo pessimista, niilista ou realista, a tudo isso se assemelharia.

Ela deixar-se-ia viver assim na impossibilidade de ter com quem compartilhar a vida.

Do pai da menina, a mulher só sabia que ele não entendia as crianças e só as achava interessantes quando elas eram capazes de falar. Por isso, desde muito cedo, ele entregara a filha à sua biblioteca muito amada.

Não era de estranhar, pensava esta mulher, que a menina tivesse tido por maldição o desejo de muito querer saber e aprender, e tudo em seguida esquecer. Iria passar os melhores anos da vida absorta a ler o que nunca conseguiria recordar.

* * *

O sol punha-se junto à linha do horizonte.

As duas matronas pegaram nas crianças e puseram-se a caminho. De repente, olharam para trás e, já ao longe, acenaram a Filipe num gesto de despedida. Tinham-se lembrado dele como de uma presença remota e silenciosa que as tinha acompanhado.

Após a partida das duas mulheres e respetivas crianças, o silêncio era total. Não se ouvia sequer o vento. Tão pouco o mar.

Filipe sentiu o corpo dorido. Percebeu que dormitara, encostado a uma araucária.

Apercebeu-se que tinha os olhos fechados e, abismado, deu-se conta de não saber quando os teria tido abertos.

Algo de inusitado, quente e pesado, pressionava-lhe insistentemente o corpo, chamando-o a outra realidade.

Sentia uma presença viva e doce nos braços.

Impressionado, perplexo mesmo, pressentiu ter no seu colo dois bebés, um de cada lado.

Intuitivamente, possuído por aquela certeza absoluta que não carece de confirmação, soube que lhe tinham sido entregues, pelas duas mulheres, os bebés Manuel e Roseta.

Soube, imbuído de clarividência, ser ele o gémeo de Manuel, de quem a primeira mulher tanto falara.

Comovido, e ainda de olhos fechados, apertou as crianças junto ao peito.

Pensou na mulher que amava, Flor de Seda, pensou no bebé que ela fora, Roseta, bebé que ele tinha agora no seu colo.

Então, nesse mesmo instante, percebeu o que tinha a fazer: reuni-los a todos no seu íntimo. E logo surgiu na sua mente consciente e receptiva a voz distinta do poeta Bashô.

Ele acompanhara Filipe todo o dia, sem que ele se tivesse dado conta. Fora Bashô quem lhe havia ditado o sonho.

Bashô falou-lhe da viagem a *O Caminho Estreito* e do *Sossego num templo da montanha.*

Respirando fundo, Filipe escutou o que o poeta lhe confidenciava:

> [...] *As portas estavam fechadas e não se ouvia nenhum ruído. Dei uma volta por uma escarpa, trepei pelos penhascos e cheguei ao Santuário. Perante a beleza da paisagem, o meu coração serenou:*

Quietude:
as cigarras escutam
o canto das rochas.[3]

XI
De frente para o oceano

Os olhos de Flor de Seda andavam baços e doridos. A ausência de Filipe exasperava-a.

Revia, a todo o instante, os momentos que passara com ele: o que haviam feito, o tempo fugaz e as últimas horas, tão dolorosas porque não deviam ter existido.

Quando ele dissera: «são duas e meia, ainda temos a tarde toda», ela apercebera-se do pouco tempo que tinham.

Filipe sentia-se num momento de vulnerabilidade não confessada. Os deuses não se revelavam, mas ela adivinhava-o.

Ele pedia que ela não exigisse o impossível, porque isso o magoava. Mas ele, sem se dar conta, era exigente com ela. Ambos queriam um do outro tempo e disponibilidade, embora nenhum deles tivesse essa possibilidade.

Ela inculpava-se desse estado de coisas porque, com medo de o perder, pouco ou nada revelava dos laços que a prendiam à sua quinta. Pensava erradamente que, quando chegasse a revelar-se, Filipe já a teria adivinhado há muito.

Naquela tarde, depois de estar com ele, ouviu a voz dele no interior do seu corpo. Escandalizada, percebeu que, na hora da despedida, o telemóvel dele se havia introduzido, sub-repticiamente, no seu baixo-ventre. De lá partiam agora todos os gemidos, letras e palavras pronunciados. A voz dele nascia da terra e propagava-se, inundando-a.

O corpo dela convertera-se numa caixa-de-ressonância na qual ecoava a voz dele. Ao mesmo tempo, era também um descodificador que dava novo sentido às mensagens dele.

Aquela inusitada comunicação estabelecia uma ponte entre ambos. Estavam estranhamente unidos.

A capacidade de pensar a vida e as coisas, que ele classificava de amarga, dura e desapiedada, era o que mais amava nele. A seguir, amava a ternura. Este era um bem essencial para ela, conquanto lho pressentisse perecível. Tal facto inquietava-a bastante porque sentia-se alguém à mercê do amor, alguém que se assumia como uma sobrevivente implacável desse mesmo amor. De uma coisa tinha a certeza: não queria nunca ter de sobreviver ao desamor de Filipe. E, tinha de o confessar, receava sentir a falta do tratamento pueril que ele lhe dispensava.

Pensava que Filipe a via como o abrigo do guerreiro. Não a incomodava esta ideia desde que ele cuidasse sempre bem de si. Também não conseguia imaginar Filipe feliz a viver com uma mulher. Não queria, desse modo, casar com ele. Não encontrava palavras ou conceitos que definissem o lugar que desejava ter junto dele. Mas estava certa de que ambos o descobririam. Suspeitava, contudo, que não seria nem um lugar nomeável, nem convencional.

Naquela noite foi visitada por Nietzsche[4], que lhe falou assim:

O homem digno desse nome apenas ama duas coisas: o perigo e o jogo. É por isso que ele deseja a mulher, o mais perigoso dos brinquedos.

O homem deve ser educado para a guerra, a mulher para o repouso do guerreiro: fora disso tudo é loucura.

O guerreiro não gosta dos frutos adocicados. É por isso que ele ama a mulher; há amargura mesmo na mais doce das mulheres [...].

* * *

Flor de Seda acordou e voltou a adormecer. Sonhou que um homem belíssimo, de olhos azuis esverdeados, lhe pegava ao colo e a colocava diante de uma janela com vista para o mar. Dessa perspetiva, avistava o oceano em toda a linha do horizonte.

O homem dizia-lhe que a levaria a um restaurante. Pressionava-lhe o corpo e a púbis contra a vidraça, obrigando-a a olhar o mar.

Depois, virava-a para si e fazia-a descer do parapeito. Sentava-a atrás de uma secretária.

Ele, sentado do outro lado da mesa, pedia-lhe o telemóvel.

Abria-o e introduzia nele um novo cartão.

Tudo fazia de um modo afável e sorridente.

Ao ficar sozinha, Flor de Seda saía para a rua. Via, então, que se encontrava numa terra estranha, verdejante, com habitações senhoriais. Os caminhos eram desconhecidos, mas tranquilos.

Lembrava-se de fazer uma chamada, mas não conseguia encontrar a lista de contactos. Exasperada, percebia que tudo se devia ao novo cartão que aquele homem, momentos antes, havia introduzido no aparelho.

Invadida por uma ideia aterradora, sentia o corpo tremer. Para voltar a telefonar precisaria de recorrer à ajuda daquele desconhecido.

O seu telemóvel havia sido reprogramado, ou teria sido a sua mente? Daqui em diante só conseguiria realizar-se através dele.

O plano dele fora de uma simplicidade e de uma eficácia absolutas.

Curiosamente, começava a sentir-se bem com esta sujeição. Confiava nele, no seu bom gosto. Ser dominada por ele parecia uma excelente ideia.

Estranhamente, a submissão a ele parecia representar um progresso e conter uma enorme esperança.

SEGUNDA PARTE

Um «Outro» desconhecido

I
A carta

Filipe tinha um irmão que amava como a si mesmo: Álvaro. Este tinha um filho que se ausentara havia meses, sem nada dizer. Álvaro sofria e, intimamente, duvidava que ele estivesse vivo.

Um dia, de regresso ao palácio, Filipe surpreendeu Álvaro a chorar. Segurava nas mãos uma carta do filho.

«Que se passa?», perguntou Filipe preocupado.

«Não quero falar disso. Não consigo!»

«Tenta!»

Álvaro pegou na carta e leu:

Pai,

Escrevo-te estas linhas para que me descubras. Em tudo o que fiz há o desejo de que me encontres e me reconheças.

Reconhece-me pelo mal que te faço, pelo muito que te quero, e pelo muito que falhaste sempre que me desamparaste.

Quero que sofras, me odeies e ames o que de mais negro há em mim. Negro que mata, que fere e dói. Negro que depositaste em mim.

Eu não tive outro remédio senão deixar-te, destruir-te e revelar-te todo o grotesco que existe em mim, pois eu sou ***um reflexo de ti.***

Eu sou a tua face disfarçada, aquela que quero que tu descubras.

Não terás outro remédio senão veres. Ou melhor, veres-te! Porque deixei tudo preparado para que isso acontecesse.

Terás de ter coração grande, alma de deus, pensamento de génio porque, acaso o não saibas, eu também sou um génio, e andei a congeminar isto desde a minha adolescência.

Lembras-te daquela queda que dei do cavalo do tio? *Embora eu saiba que tu não tiveste a culpa, sinto que foste responsável porque não me protegias.*

Tu só querias que eu fosse genuíno e espontâneo, como se um miúdo soubesse tal coisa.

Eu sempre me senti inútil e incapaz. Sem nada de interessante para valorizar.

Mas tu não percebeste. Nunca ficaste contente por eu *sentir que eu não tinha valor. Sempre achaste que eu tinha importância e eu odeio-te e amo-te por isso.*

Odeio-te, porque me tornei igual a ti: inteligente, engenhoso, determinado e ousado. Amo-te, porque me tornei igual a ti, mas ainda não sei quem sou. Quero-te, mas isso ainda me faz odiar-te mais.

Só me saciaria se eu fosse tu, te matasse e ressuscitasse.

Porque, mesmo assim, não sei viver sem ti.

Não posso reconhecer que te amo, embora esta seja uma forma louca de amar. Mas, embora não saibas e, pior ainda, não acredites, eu sou um ser apaixonado, louco por ti.

Cada vez que amei, pensei que eras tu quem estava, em vez de mim, a amar. Cada vez que saí com uma mulher, pensei que eras tu quem a seduzia. Sempre que fui bem-sucedido na escola, supus que era a tua capacidade intelectual que o conseguia. Sempre que me superei eras tu, não eu.

Agora, para existir, quero deixar-te o pior de mim.

Este é o anátema que te lanço. Cada vez que me criticares, há-de doer-te o peito. Quando procurares conforto junto de outros, não o hás-de encontrar. Esta é a minha vingança. Porque quando me depreciares é de ti que estarás a falar.

Vou-me embora, sofrerás por não saberes de mim.

Primeiro, hás-de sentir-te culpado. Mais tarde, hás--de ficar revoltado.

Perceberás que te deixo tudo, todo o meu «eu». Entrego-to para tu cuidares e amares. Sei que, embora eu diga o contrário, tu és a minha esperança.

Eu vou-me embora para tentar ser eu próprio, mas não auguro nada de bom. Estou vazio.

Deixei-te outras cartas, anteriores a esta, nas quais te relatei os meus crimes: as calúnias que desferi contra ti, autênticos punhais contra a família e pessoas que tu mais amas.

Se achares dura esta prova, é porque não sabes quanto tenho sofrido.

Tenho um prazer adicional: todos os que maltratei hão-de falar-te de mim. E, até me rio – porque sabendo como tu és, não vais permitir uma única palavra contra mim. Mas não terás outro remédio senão defender-me porque me amas.

Ninguém vai perceber a tua atitude protetora. Os meus irmãos, sobretudo, vão ficar cheios de ciúmes. Só esse pensamento me enche de alegria.

Lembras-te de quando me lias o Êxodo, quando eu era pequeno? Aquela passagem do Mar Vermelho?

Moisés estendeu a mão sobre o mar, e o Senhor fustigou o mar com um impetuoso vento do oriente, que soprou durante toda a noite. Secou o mar, e as águas dividiram-se. Os filhos de Israel desceram a pé enxuto para o meio do mar e as águas formavam como que uma muralha à direita e à esquerda deles[5].

O mar fechou-se atrás de mim mas podes vir buscar-me. Atravessa o oceano para estarmos juntos.

Teu filho, Luís.

* * *

Álvaro tinha os olhos rasos de lágrimas. Filipe não sabia o que dizer. Fez soar uma campainha e pediu ao criado lagarto que fosse buscar Flor de Seda. Queria-a ali junto deles.

Os dois homens ficaram em silêncio à espera.

Quando Flor de Seda chegou, já tinha anoitecido. Álvaro contou-lhe tudo: como o filho os abandonara, se tinha ido embora para um lugar desconhecido, e como ele, Álvaro, descobrira a sua perfídia. Leu-lhe a carta do filho.

Flor de Seda ouvia. O seu corpo absorvia cada palavra e inundava-se de tristeza. Adormeceu, num sono pesado de melancolia.

Quando acordou, a sala estava repleta de fumo e os homens já tinham ceado.

«Se fosse meu filho, ia procurá-lo», murmurou estremunhada.

Os homens olharam-na, surpresos. Não haviam dado conta de ela acordar.

«Mas não sei se é isso que ele quer», disse Álvaro, «ele vai-se embora para recomeçar uma vida nova. Há alguma esperança nisso. Ele vai para longe para fugir de mim.»

«Mas também parece desejar reencontrar-te», argumentou ela.

A ideia de que Luís pudesse querer este encontro era perturbadora.

Filipe, de todos o que tinha mais clareza de espírito, propôs ao irmão:

«O teu filho fala de uma travessia. Vai. Vai ver se o descobres. Ajudar-te-ei no que puder!»

* * *

Álvaro saiu. Filipe abraçou Flor de Seda:

«És mais louca do que eu imaginava!»

«Porque te quero!»

«Não! Porque vais despertar esperanças. Isso pode ser ainda pior. Sabes disso, não sabes? Consegues compreender isso, ou não?»

«E quantos riscos há em esperar? Será que a vontade que ele expressa é a que deseja ver realmente cumprida?»

«Isso é o que nunca vamos saber. E é com essa insuportável dúvida que o meu irmão e eu vamos viver. Como reconhecer o que é para respeitar ou não?» questionou Filipe, irritado.

«Não faço ideia! Mas talvez o respeito seja algo que só pode acontecer na condição de estarem envolvidas duas pessoas! No caso de Luís, é como se existisse uma só pessoa: o pai e ele, em comunhão!»

«Talvez! Mas estás a mexer numa ferida. Não tens esse direito. Não sabes de nada. Devias estar calada. É o que as pessoas devem fazer quando não sabem. De preferência, devem também evitar magoar os outros com as suas ideias.»

«Nenhum direito me é dado. Eu sei!». Flor de Seda preparou-se para sair. «Por muito disparatado que seja o que penso, paciência. Ser conveniente e bem-educada é estar calada. Mas isso é-me impossível, porque te amo!»

As relações entre ambos esfriaram.

Filipe descobriu de novo uma Roseta em Flor de Seda. Descobriu alguém radicalmente diferente de si. Alguém que conciliava um ar doce com um temperamento inflexível no que ela considerava ser vital e não negociável: a sua autenticidade.

Aquele novo aspeto de Flor de Seda era chocante, perturbador e nada suave.

Afastaram-se um do outro por longo tempo.

Flor de Seda pensou que Filipe gostava de mulheres submissas.

Ficou entre ambos a recordação de um amor suspenso.

II
Desencontro

Passaram-se dois meses sobre a partida de Álvaro.

No dia do seu aniversário, Filipe recebeu uma carta do irmão.

Abriu-a. As mãos tremiam-lhe. Dizia assim:

Filipe:

Atravessei o oceano. Durante a viagem, não parei de pensar em como tem sido grande a solidão em que vivo.

Até agora, as pessoas que me têm rodeado sempre se eximiram, fosse por cortesia, subserviência ou horror ao compromisso, a dizerem-me o que pensam.

Descobri que tenho pagado um elevado preço, tal como tu também, por ser um homem rico e influente.

É bom quando alguém nos diz o que pensa, sem esperar nada de nós; quando alguém nos fala, como quando éramos crianças. Depois, claro, nós seguimos sós, e unicamente sós, o nosso caminho. A decisão última é sempre a nossa.

Isto tudo para te dizer que não tenho pensado noutra pessoa a não ser em Flor de Seda. Ela não me sai da cabeça.

Não me leves a mal, mas acho a ingenuidade dela refrescante e venho perguntar-te se é verdade a notícia que corre. Que tu e ela se separaram; que tu já não te interessas por ela.

Se assim for, e se Flor de Seda mo consentir, vou tentar aproximar-me dela.

Talvez seja loucura minha, mas pressinto que ela me faria feliz. Imagino-me a viver com ela.

Descobri que estou apaixonado. Aguardo uma resposta tua.

Abraço-te com saudades. Teu irmão Álvaro.

*PS: **Com o meu filho, continua tudo na mesma. Já** passaram muitos dias (semanas, mesmo) e ainda não descobri o seu paradeiro.*

*Tenho pensado nos negócios que deixei para trás. **Porém, sinto que não estou a perder tempo. O meu filho é,** também, o meu tempo e a minha vida.*

Filipe dobrou a carta. Tinha o peito seco de mágoa e os olhos cavos de desgosto.

A realidade impunha-se: iria perder Flor de Seda para o irmão.

O espírito sábio de Platão[6] foi em seu auxílio para lhe suavizar a dor, transmitindo-lhe pensamentos sábios. Lembrou-lhe que até mesmo *o verdadeiro piloto será tratado pelos marinheiros de namorador de estrelas, de frívolo palrador e de indivíduo sem préstimo.*

Filipe pensou que sofrer o desentendimento dos homens era, afinal, o que mais vulgarmente acontecia entre os homens da sua espécie. Sentiu-se compreendido pelo sábio grego.

Com um espírito de separação, exílio e solidão que o obrigavam sempre a caminhar com o ânimo de um verdadeiro samurai que retorna à vida pelo seu Shogun, Filipe retomou os seus afazeres.

III
Cancioncilla del primer deseo

Álvaro voltou de viagem. Levou mais de um ano a preparar-se para o encontro com Flor de Seda.

No passado, o irmão confidenciara-lhe pormenores do seu namoro com aquela mulher. Aprendera muito acerca do seu caráter, ouvindo-o.

Percebera que Flor de Seda era uma pessoa atormentada que nunca seria feliz se se sentisse culpada.

No fundo escuro dos olhos dela havia melancolia. Ele queria removê-la e, em seu lugar, instaurar a alegria compartilhada.

Sabia o que precisava de fazer e o risco que corria: o de, eventualmente, ficar sozinho durante algum tempo.

Álvaro casara há cerca de vinte anos. Os seus dois filhos estavam criados. Há muito que a paixão pela mulher o tinha abandonado. Os afazeres e os compromissos sociais que partilhava com o irmão ocupavam-no, mas não apagavam o que, no íntimo, sabia: o mais importante desaparecera da sua vida.

Quando conhecera Flor de Seda, ela tinha um ar sonhador, próprio da mulher que aguarda o seu príncipe encantado.

Regozijara-se, intimamente, com o insucesso do irmão. Sabia quanto era habitual as mulheres apaixonarem-se por cunhados e amigos dos maridos. Sabia que essas paixões eram, quase sempre, sobras de um amor que persistia. Aceitava que Flor de Seda começasse por amá-lo, como quem estabelece uma continuação ilusória com a sua paixão anterior, convertendo-se no receptor de um amor transferido. Tinha fé em si: com o tempo, ela iria descobri-lo.

Álvaro era dois anos mais novo que o irmão e, embora fossem muito parecidos na compleição física, Álvaro sabia-se mais irreverente e indomável.

Acalentava o pensamento de ser desnaturadamente livre. Acima de todas as coisas, contava consigo mesmo. «Medo» era uma palavra que não fazia parte do seu campo lexical. Embora desprendido, mantinha-se fiel a um projeto, ideia ou afeto.

Como era um homem determinado e cheio de esperança, resolveu separar-se da mulher, arranjar uma nova casa. Enquanto se preparava psicologicamente, alijava recordações e pesares. Não negava o afeto que tinha à mulher, mas queria prosseguir a sua vida. E essa tomava agora outro rumo. Há um ano que desejava Flor de Seda.

* * *

Quando Álvaro se sentiu confortável com o seu plano, resolveu aproximar-se de Flor de Seda.

Havia saído um artigo dela sobre a recuperação, em ambiente artificial, de cobras e outros animais. Ele aproveitou para lhe telefonar. Como não a encontrou, deixou-lhe uma mensagem:

Flor de Seda, li o seu artigo que saiu no jornal «Vida Animal». Venho dizer-lhe quanto admirei a sua qualidade. Independentemente de algumas divergências, o essencial da arte está todo contido no seu trabalho. Não podia deixar de lho dizer.

Nessa noite, quando Flor de Seda regressou a casa, foi surpreendida pela voz dele no telefone. Estranhou aquela inesperada atitude.

Como era quase imune a elogios, conquanto os pudesse apre- ciar bastante, pensou que Álvaro tinha sido atencioso, incentivando-a ao seu progresso intelectual. Pensou que uma pessoa assim era alguém generoso.

Não obstante todas as explicações que ia dando a si própria, uma fantasia teimava em emergir: estaria ele interessado em si?

Num estado próximo ao do sonho, gravou a voz dele para a ouvir até à exaustão. Desculpou-se, firmando as suas certezas no seu íntimo. Acreditava que Álvaro queria relacionar-se consigo.

Inconfessadamente, a voz dele sempre a tocara. Ouvira-a, no passado, em programas nos quais ele participara sobre assuntos diversos: política, veterinária, medicina, etc.

Estranhara sempre a perturbação que dela se apoderava, impedindo-a de fixar o que ele dizia. Admirava-o muito mas, como não percebia aquela sua inusitada dificuldade mnésica, concluíra que havia algo nele que lhe desagradava. Não percebia o que, perturbadoramente, já desde o passado, se interpunha à sua compreensão. Depois, mais tarde, privara um pouco com ele, aquando do seu namoro com Filipe.

Com estes pensamentos resolveu, no dia seguinte, responder ao telefonema de Álvaro. Devido à sua ausência, Flor de Seda deixou um recado na secretária particular. Solicitou à funcionária que fosse fiel na transmissão. Ditou-lhe o seguinte: recebera a mensagem de Álvaro, agradecia-lhe as palavras amáveis que a tinham comovido; mandou sublinhar «comovido».

* * *

Passados quinze dias, Flor de Seda esteve com Álvaro numa reunião de trabalho.

Ele deslocava-se com uma certa assiduidade à província do Reino Animal para dar assistência em «Gestão de Quintas», um ramo do saber particularmente decisivo no dia-a-dia de Flor de Seda. Por essa razão, raramente perdia um desses encontros.

Num intervalo da reunião, ele dirigiu-se-lhe:

«Flor de Seda, porque é que você nunca me procurou? Acha que já sabe tudo sobre Gestão de Quintas? Acha que não precisa de mim para nada? Não quer aprender nada comigo?»

Ela ficou surpreendida com as palavras dele e, mais surpreendida ainda consigo por lhe ter colocado, com naturalidade, a mão sobre o peito, respondeu-lhe:

«Mas eu procurei-o, Álvaro! Há cerca de três anos! Você é que não teve tempo para mim! Disse que iria desistir desta atividade. Que queria fazer outras coisas na vida» (no momento em que saíra à procura do filho, Álvaro chegara a anunciar publicamente que iria abandonar todas as suas funções didáticas e administrativas). «Na altura, eu até o admirei por isso!», prosseguiu ela.

Flor de Seda olhava-o atentamente. Percebeu que ele não se lembrava desse encontro. Agora, ele parecia desejar tê-la tratado de outra forma. Então, ela também deu consigo a recriminar-se por, naquela época, não ter insistido. Afastara-se porque não o tinha sentido disponível e não gostava de insistir.

Álvaro estava surpreendido com o que ouvia e, mais ainda, com a proximidade que se estabelecia entre os dois. Reparou que Flor de Seda tinha sustentado o olhar que ele tinha aproximado, vertiginosa e provocadoramente do seu. Havia um certo despique entre ambos.

Álvaro resolveu reiniciar a reunião, interpelando-a:

«Vocês conhecem Flor de Seda? Ela não é bem uma novata aqui! Já me conhece há anos! Mas, coisa extraordinária, nunca me pediu ajuda!». Depois, olhando-a diretamente: «não demore muitos mais anos a procurar-me».

Sentiu-se exposta. Se ele pensava conseguir persuadi-la a aproximar-se com aqueles modos atrevidos, estava bem enganado!

No final dos trabalhos, ela ficou a falar com uma amiga. Sem saber como, deu consigo a gracejar com ele:

«Álvaro, dentro das suas teorias, se deixarmos de nos atacar um ao outro, como aconteceu há bocado, o que restará do nosso «vínculo animal»? Um «vínculo de dependência» ou um de «acasalamento?»

Ele, mais experiente e vivido, continuou calado, com os olhos baixos, a escrever na agenda da reunião. Quando se levantou, olhou-a sorridente.

«Você ainda não percebeu uma coisa: depender e namorar é o que nós fazemos quando não sabemos fazer mais nada. Ou seja, quando não conseguimos pensar».

Nesse instante, Flor de Seda quase alucinou.

Ouviu Lorca[7] a sussurrar-lhe «Amor. Con alas y flechas», «Cancioncilla del primer deseo»:

En la mañana
verde
quería ser corazón.
Corazón.

Y en la tarde madura quería ser
ruiseñor.
Ruiseñor.

(Alma,
ponte color naranja.
Alma,
ponte color de amor.)

En la mañana viva, yo quería
ser yo.
Corazón.

Y en la tarde caída
quería ser mi voz.
Ruiseñor.

¡Alma,
ponte color naranja!

¡Alma,

ponte color de amor!

* * *

Passado um mês, na aula seguinte da cadeira de «Gestão de Quintas», promovida na província onde Flor de Seda vivia, Álvaro procurou-a num intervalo. Quase a empurrou para fora da sala para lhe falar.

Ela colou os olhos ao chão. Sentia-se vulnerável perante os outros participantes, quase ausente daquele ambiente e envergonhada por ele lhe ter colocado o braço no ombro e, depois, na cintura.

Deu consigo a desejar estar sozinha com ele.

Se ele a quisesse, ela não conseguiria opor-se-lhe. Ele comandava-a ao longo do corredor:

«O que é que você pensa, Flor de Seda, desta ideia fantástica de que há muito poucos homens capazes de o serem?»

«Que não podia estar mais de acordo!», respondeu, enquanto com o olhar afugentava da sua consciência as pessoas que por ali passavam.

O corredor chegara ao fim. Como se de uma dança se tratasse, ele reconduziu-a com toda a naturalidade, no sentido contrário.

Já perto da sala de reuniões, e na impossibilidade de retomar o mesmo percurso, ela percebeu que aquele encontro ficara por ali.

Quando deu por si, ele olhava-lhe a boca:

«Você sabe, eu tenho uma enorme empatia por si!»

Sentiu-lhe o desejo. Conseguiu responder, evitando pensar na perturbação que a invadia. Procurou ser delicada, embora tivesse admitido que estava a ser sincera:

«E eu por si, Álvaro. E eu por si...»

De volta à sala, ele recomeçou a reunião, desafiando-a a colocar uma questão sobre gestão de aldeias de macacos. Ela, ainda atordoada, conseguiu, a custo, formular uma qualquer pergunta.

Ele rejubilou:

«Mas é exatamente o que eu penso!». Ele parecia louco de contentamento e abandonou a sala.

Flor de Seda perguntou-se que lhe teria sucedido. Teria algo a ver com a sua insignificante pergunta? Não lhe parecia.

Entretanto, na sala, comentava-se a inusitada atitude de Álvaro. Houve mesmo quem zombasse, dizendo que ele tivera de expulsar, com urgência, certos elementos indigestos. Flor de Seda, discreta, não achou graça.

A segunda parte da reunião decorreu como habitualmente, exceto para ela, que não conseguiu concentrar-se.

No final, ela foi dos primeiros participantes a fazer menção de sair. Levantou-se e despediu-se.

Ele, talvez frustrado por a ver ir embora, dirigiu-se-lhe, ainda com a sala cheia:

«Flor de Seda, você vai almoçar?»

«Vou», disse aflita e determinada a sair dali rapidamente. Ele insistiu, num jeito ansioso:

«Quer ir almoçar comigo?»

Já junto à porta e quase em pânico, pronunciou um «não», num tom audível.

Pensou que ele tinha muita falta de tato. Se queria convidá--la, porque não lhe telefonava? Se ele se lhe dirigisse de novo em público, atirar-lhe-ia os dossiês à cara!

Teve ânimo para abrir a porta, virar as costas e fugir.

*   *   *

Nessa noite, Flor de Seda imaginou-se a sós com Álvaro, na sala de aula. Ela, sentada em cima da secretária e ele, de pé, entregavam-se ao amor. Iria conservar aquela imagem para o resto da vida.

*   *   *

Flor de Seda passou a semana ansiosa. Olhava o tempo, a lua, procurando explicação para a urgência que nela se instalara.

Dois dias depois, ele deixou-lhe uma mensagem:

> *Flor de Seda, gostaria de saber se você tem tempo para estar comigo, posto que falamos sempre a correr, quase telegraficamente... Quer beber um café comigo? O meu número privado é este, que agora lhe deixo: sempre, sempre, mais, mais, um, sempre.*

Ela demorou um dia a pensar. Depois decidiu-se. Não sabia a razão, mas não queria sentir-se cobarde perante aquele homem. Deixou-lhe também um recado:

Álvaro, acho bem a sua proposta do café. Ligue quando quiser.

Álvaro passou três dias a tentar falar-lhe.

Ela arranjara maneira de lhe dificultar a tarefa. Quando ele conseguiu vencer as barreiras que ela interpusera entre ambos, ela estava a atender, em simultâneo, uma outra chamada. Estava a encomendar livros sobre gestão de quintas. Falou com Álvaro pouco à-vontade dado que tinha o vendedor noutro telefone, ouvindo a conversa.

Álvaro disse-lhe:

«Flor de Seda, como você já percebeu, tenho imensa curiosidade por si. Onde trabalha? Quem é você? Está pronta às onze e meia para a ir buscar, ou é muito cedo para si?».

Não era, não! Flor de Seda ansiava por estar com ele. Quando ela chegava, de manhã, um pouco atrasada aos encontros de trabalho com ele, ele desviava, por fracções de segundo, o olhar. Dirigia-lhe, nessas ocasiões, um sorriso que ela adorava. Depois ia envergonhada, de mansinho, sentar-se no lugar livre mais perto dele. Aí, estava suficientemente perto para se sentir perto, e suficientemente longe para deixar o pensamento à solta.

IV
Sob o olhar de Almada Negreiros

No dia do encontro ele fez-lhe perguntas que ela estranhou. Ia respondendo sem entusiasmo. Parecia que ele não se lembrava do tempo em que ela namorava com o irmão.

Ela tentava dar à voz um tom vivo, interessar-se pela conversa, mas falavam os dois à margem do que desejavam falar.

Procuraram, a pé, um café onde entrar. Quase todos estavam fechados àquela hora da manhã. Quando, enfim, encontraram um aberto, entraram como quem encontra um refúgio. Sentaram-se.

Ele falou das suas preferências musicais e, de repente, com os olhos a brilhar, foi direto ao assunto:

«Você sabe, eu acredito no encontro entre duas almas gémeas! Sinto que você pode ser essa tal! Tenho a intuição que você é a mulher com quem eu quero envelhecer. Só de estar aqui consigo, estou todo arrepiado, como se fosse um miúdo. Você é incrivelmente heterossexual!»

Ela retorceu-se na cadeira. Apertou as coxas e os braços num abraço a si própria.

O tempo correu veloz. À uma hora, Flor de Seda pensou que ele ia convidá-la para almoçar.

Ele não previra a disponibilidade dela e não podia corresponder-lhe ao desejo. Desculpou-se:

«Quando combinei encontrar-me consigo, não sabia o que iria acontecer! Apetecia-me beijá-la agora!».

«Mas não o vai fazer!».

«Eu disse: apetecia-me!».

Quando se levantaram, ele olhou-a de soslaio.

«Você é de uma elegância felina!»

Ela imaginou-se uma gata, ou mesmo uma onça. Achou excessiva a roupa que trazia vestida. O corpo urgia libertar-se. Os pés assentavam leves e ágeis no asfalto.

Ele nunca se repetia. Se ela gostava do que ouvia, tinha de desenvolver uma grande capacidade de memória. Percebeu que queria eternizá-lo.

Falaram de pintura. Ela, que havia sugerido, a pedido dele, o local do encontro, justificou a razão da sua escolha: perto dali havia um local onde esperara, na infância, horas perdidas pelo pai. Enquanto ele não chegava, ficava a olhar o rio e os painéis de Almada Negreiros.

Álvaro fazia parte do painel. Mas isso não lho disse. Ele, contudo, adivinhou o sentido dos seus sentimentos:

«O amor mais próximo do primeiro é sempre o melhor!»

«E eu para si, que lhe faço lembrar?»

«Um conjunto de representações», respondeu ele.

Quando entraram no carro, ele pôs a tocar *My heart belongs to daddy* e, divertido, cantou.

Flor de Seda sentia-se bem junto dele. Não lhe apetecia separar-se dele.

«Ela é uma desavergonhada!», Álvaro referia-se à cantora, «e eu também sou!», riu-se.

Álvaro soube que ela concordava.

Quando estavam quase a despedir-se, ele percorreu-lhe o corpo com um olhar demorado. Manteve-o nas suas pernas. Tocou-as ao de leve com a ponta do polegar. O desejo desfigurava-o: os olhos pesavam-lhe nas pálpebras.

«Quando nos encontraremos de novo? Se não marcarmos, nunca mais nos encontramos!»

Ela assentiu.

V
Alucinação

No dia seguinte conduziu o carro para perto do café onde estivera com Álvaro. Chorava. Dava murros no volante. Gritava. Não queria, não podia aceitar, mas estava a ficar apaixonada! Pior, estava já irremediavelmente perdida!

Uma tal paixão teria de ter um fim imediato.

Soluçava de raiva e de desespero por tudo o que lhe estava a acontecer.

Era um conflito porque também sentia saudades dele. Não o queria perder. Supôs-se leviana. Como seria possível estar apaixonada pelo irmão do homem que ainda amava?

Deu várias voltas ao separador central situado em frente do café onde estivera na véspera com Álvaro. Não conseguia decidir-se por estacionar ou abandonar o local.

Um grupo de arrumadores olhava-a, estupefacto.

Para evitar, quer a tontura que dela se apoderava quer as constantes reclamações dos que ali conduziam, estacionou o carro de forma displicente e ficou a olhar, de longe, o lugar onde estivera com Álvaro.

Um grupo de adolescentes que passava esbracejava na sua direção. Ela não percebia. Um barulho ensurdecedor ouvia-se por perto.

Pensou, irritada, que o mundo não a deixava recordar em paz os momentos passados com Álvaro. Sentia-se numa desordem total.

Subitamente, seguindo o olhar dos jovens que continuavam a esbracejar, viu uma locomotiva que se aproximava vertiginosamente na sua direção. O maquinista estava com a cabeça de fora da cabine. Gritava e gesticulava.

Num ápice, percebeu que tinha estacionado em cima de uma passagem de nível.

Horrorizada, saiu daquele torpor e pôs o carro em marcha. Tomou este acontecimento como revelação do que lhe aconteceria acaso se envolvesse com Álvaro: ele atropelá-la-ia. Ele era uma força desmesuradamente possante para si.

Porém, quando lhe contou este episódio, ele riu-se e atribuiu-lhe outros significados: referiu-se ao desejo dela por ele, e do quanto ela desejava distrair-se das defesas que interpunha à sua realização. Falou do quanto ela desejava entregar-se-lhe no amor.

Ela ouviu e, numa súplica mudez, desejou que ele se esquecesse dessas interpretações.

Todavia, sabia que ele tinha razão.

Ele ajudava-a a ser mais honesta e corajosa.

VI
Resistência

Nessa semana ele telefonou-lhe todos os dias. Ela já não sabia o que fazer.

Adorava a maneira como ele a tratava.

No auge da sua perturbação, disse-lhe querer ser só sua amiga. Ainda assim, Álvaro insistiu em estar com ela:

«Você, Flor de Seda, é perita em amorectomias!»

«É que não existe possibilidade de esta relação nascer».

«Porque você não se deixa ir...».

«Porque não tenho jeito para isto. Não quero ser sua amante!»

«Isso pode acontecer num dado momento no tempo. Mas é como um compasso intermédio, até que algo se defina».

«Não vivo a vida a fazer experiências!», respondeu ela.

«Que maneira mais horrível de colocar as coisas. Podemos, ao menos, almoçar de vez em quando?»

«Sim, mas não vai adiantar nada!»

«Eu venho de longe para estar consigo...». Nessa noite, ele telefonou-lhe:

«Que posso eu fazer? Que posso eu fazer, a não ser aguardar a noite que não cessa de crescer em mim? Flor de Seda, bebo-te os olhos... bebo-te os olhos... Flor de Seda, flor de azevinho. Azevinho que toma conta do meu coração...».

*   *   *

Ele telefonava-lhe todos os dias. Ela já não podia imaginar, sequer, o dia em que ele não o fizesse. A semana ia já no seu término, quando concordou estar com ele numa dupla condição: ser ele a conduzir, e irem juntos ver o mar.

Ele respondeu-lhe com aquele que foi o primeiro «adoro-a» da vida dela.

Todas as vezes que ia estar com ele, ela preparava-se como se fosse a última. Ia pesarosa. Sempre para se despedir.

Contudo, nos momentos em que estava com ele, não queria partir. Só pensava em estar mais e mais. Desgostava-se com os seus pensamentos e afligia-se com o destino que se autoimpunha.

Naquela agonia que há muito lhe roubara o apetite, uma certa indulgência para consigo mesma vinha em seu socorro.

Permitia-se, nesses abençoados momentos, pôr de lado o pensamento do corte e respirar fundo. Sentia, então, o perfume obcecante dele invadi-la por completo. Reaprendia a viver.

Pelo contrário, quando se obrigava a deixá-lo, emergia o atributo de «enjoativo» com que, pejorativamente, denegria o aroma dele.

Foi num princípio de tarde chuvosa que foi ter com ele para o que seria, na sua pré-decisão, o primeiro e último almoço.

Ele conduzia um grande carro preto. Estava feliz como uma criança. No caminho, pegou na mão esquerda dela. Com a mão dela na sua, ia metendo as mudanças e falando.

Ela adorava tudo quanto ele fazia. Era exatamente o que sempre desejara que um homem lhe fizesse. Sentia-se conduzida e a conduzi-lo.

Malgrado seu, transpirava. Isso nunca lhe sucedia a não ser naqueles momentos suspensos do amor que não sabe, ainda, se é correspondido.

Ele parecia sentir algo semelhante. Disse conhecer-lhe as pernas desde sempre.

Ela sentia-se à vontade com ele, e pouco à vontade com isso.

No almoço, ele esteve tenso. Ela também. Muda, só pensava em fugir e ficar.

Ele esteve condenado a falar pelos dois. Falou de si próprio.

Ela descobriu ter sido exato tudo quanto ele disse.

Ele descreveu-se como uma construção. Ela vislumbrou-o como um novelo de pontos luminosos unidos por linhas brilhantes. Cada ponto era atravessado por vários filamentos. No interior, ao centro, estava ele, de novo criança.

No final, admirou a resistência dele perante o seu mutismo.

Ela sabia ter sido uma companhia pouco agradável.

No hall do restaurante, à saída, ele agarrou-a e beijou-a. Ela sentiu uma enorme tontura: o chão fugiu-lhe debaixo dos pés. Percebeu que estava apaixonada. Tentou afastar-se. Conseguiu, mas foi difícil recompor-se.

Desejou que ele a levasse, imediatamente, para um quarto virado para o mar.

Ele não percebeu o ardor dela. Levava a sério o que ela dizia dela própria, que era o contrário do que sentia.

Caminharam, quase em silêncio, até ao carro.

Transmitiam a impressão de estarem aborrecidos. Quando chegaram, ele estava algo desesperado.

Tinha-lhe confessado que descobrira, na adolescência, como seduzir miúdas: levando-as a comer a sítios bonitos.

Ela pensou, irritada, que ele tinha de aprender a seduzir graúdas. Contudo, tinha de o reconhecer, o descaramento dele encantava-a.

«Não sou homem para insistir com uma mulher. Só posso lamentar que você não queira, sequer, experimentar nada comigo!»

O tom da voz dele enervou-a. Achou-o pretensioso. Mas havia algo mais que a desesperava.

«Então faça isso! Lamente e esqueça-me!»

«Agora você foi brilhante! Sabia? Você não quer que eu a esqueça!», disse ele aliviado e, pela primeira vez, verdadeiramente satisfeito naquele encontro.

Ela calou-se. Pensou que ele é que fora brilhante ao começar a percebê-la.

Até aí, na sua vida, ela sempre detestara que os homens fossem diretos. Mas descobria agora que lhe agradava a clareza da intencionalidade dele. Conhecia ele melhor o desejo dela, do que ela própria.

No regresso, ele sentiu que ela estava angustiada. Foi carinhoso.

«Ao menos reconheça que quer fugir de mim porque me quer muito! Você não se permite viver a sorte grande na sua vida!»

«Que grande convencido!», pensou ela. No entanto, quis que ele a conhecesse melhor. Como passavam perto do colégio que ela frequentara em criança, lembrou-se de o levar lá.

No caminho, recordou um pesadelo que tinha quando criança: a carrinha do colégio estava prestes a partir; já todos estavam lá, menos ela. Sozinha e angustiada, descia a correr os últimos lances da escada que a separava da rua.

«Sempre tive muitos problemas com separações», disse ela. «Em miúda, sonhava que ia perder o transporte do colégio. Isso deixava-me ansiosa».

«Oh, Flor de Seda!», exclamou ele bem-disposto, «neste contexto, tens de admitir que isso quer dizer que não queres perder a «carrinha» chamada Álvaro!»

«Reconheço!», suspirou; «leva-me de novo a passear. Vamos para junto do rio!», pediu, rendida.

Não lhe apetecia ir-se embora.

Quando ele estacionou, frente ao rio, pediu-lhe um beijo. Ela não correspondeu.

No entanto, tinham começado a tratar-se por «tu».

Daquele almoço, ela recordaria a franqueza dele. Ficar-lhe-ia ainda o desejo de voltar àquele local para saborear o que ficara interdito. Muitas vezes haveria de pedir-lhe para lá voltarem. Ele concordaria em levá-la, quando ela disso já se houvesse esquecido.

VII
O meu reino a teus pés

Na semana seguinte, Álvaro levou-a a almoçar à sua moradia. No decorrer da refeição afirmou, apoiado por um gesto impulsivo:

«Flor de Seda, de ti não tenho dúvidas de querer ter um filho. Já escolhi mulheres pela razão e tudo deu mal. Contigo, a escolha é pela intuição!»

Flor de Seda contorceu-se na cadeira. Seria ele louco para lhe dizer uma coisa daquelas? Assim? Estaria a falar verdade?

Ouviu o seu próprio batimento cardíaco, desvairado. Pensou que, se ainda fosse o seu tempo, também gostaria de ter um filho. Mas o tempo havia passado. Era uma mulher madura.

«E uma companheira, não será suficiente? Filhos já tens que te bastem, não achas?»

Percebeu que ele tinha gostado da resposta.

Ele levou-a a uma sala onde lhe mostrou a sua árvore genealógica. Um dia o seu retrato estaria ali, no meio dos outros. O dela com ele também, se ela assim o permitisse.

Com um aceno largo, colocou o seu mundo aos pés dela. Talvez por isso, ela teve imediatamente uma tontura. Ia caindo.

Livrou-se dos sapatos na sala das honras da família. Ele achou graça à sua espontaneidade.

«Ao menos, já te vais despindo!», comentou, jocoso.

Ela acreditou em tudo quanto ele disse. Sabia-o verdadeiro.

No entanto, estava assustada.

Nessa noite, uma vez mais, ela telefonou a dizer-lhe que queria ser só sua amiga.

Ele aconselhou, como se fosse uma ameaça, que pensasse bem no que iria fazer, mas ela insistiu e escreveu-lhe.

Sobre a manhã, ele já havia respondido. Era uma mensagem amarga: partia. Ele era invariavelmente assim, perante o que havia de melhor e de pior na vida.

Ela começou por sentir algum alívio na sua intempestiva decisão.

Contudo algo corria muito mal, ao contrário do que sentia.

A verdade é que ficara deprimida com a resposta dele. Não fora, sequer, capaz de escutar a mensagem até ao fim. Ficara-se pelo princípio. O tom da voz dele fora-lhe insuportável. Deduzira, a partir daí, o conteúdo. Apagara a mensagem sem a ouvir na totalidade.

Ao longo do dia o desespero foi tomando o lugar do que supusera, inicialmente, ser um bálsamo. Afinal, não suportava perdê-lo.

De madrugada, já estava completamente desesperada. Escreveu-lhe, rendida:

Vais-te embora antes de ter havido oportunidade para eu me revelar. Tenho andado muito perturbada. Tu sabe-lo bem. Mas aceito a tua decisão. Não espero que voltes atrás, não espero nada, nenhuma resposta tua. Adeus Bichinho de Seda.

***Um dia, um homem percebeu-se mais igual a si** mesmo: descobriu-se mudando.*

No dia seguinte ouviu, feliz, o tom grave da voz dele no telemóvel:

«Surpreendes-me quando mudas! Mudo, quando me surpreendes!»

VIII
Rendição

Flor de Seda convidara de novo Álvaro para ir a sua casa. Da primeira vez, fizera-o com o pretexto de que a pudesse visualizar no seu espaço, quando estivesse longe dela. Agora, já nem se preocupava em se desculpar perante si própria.

Da primeira vez, quando ele confirmara o encontro, ela confeccionara uma refeição rápida. Desta vez aguardava-o em casa, sem nada preparar.

Ele dissera que levaria qualquer coisa para comerem. O que gostava era de estar na sua companhia.

Quando ele chegou, não se beijaram. Ela tinha-lhe pedido para que ele se portasse como um cavalheiro. Ele tinha-lho prometido. Não era um violador!

À chegada, ele deu-lhe a guardar a refeição que tinha comprado. Ela teve dificuldade em fazê-la caber no forno. Enquanto forçava a porta, riu-se. Intuiu o que ambos mais desejavam fazer: caberem-se um no outro.

Perdida nos seus pensamentos, encaminhou-se para a sala, sem olhar para ele.

No hall cruzaram-se. Ele beijou-a.

Ela perdeu de novo o equilíbrio e, com ele, a cabeça. Embateu na parede mas não se magoou.

Ele acariciou-a e, daquela vez, não lhe sentiu resistência alguma.

Aquele instante fugaz, o da autorização consentida pelo desejo dela, incendiou-o irremediavelmente.

Encostada à parede, ela fechou os olhos. Precisava de se alhear da realidade para estar totalmente presente.

Ele desembaraçou-se de tudo para estar com ela. Ela amou-o por isso. Ouviu-o rasgar as roupas que se lhe opunham.

Ele ordenou:

«Despe-te!» Ela despiu-se.

«Goza!» Ela gozou.

«Quer-me!» Ela quis.

Ela ordenou:

«Tu!»

E ele foi ele.

«Mais tu!»

E ele foi-o de novo. Então, ele perguntou:

«Flor de Seda, qual é o meu lugar no teu coração?»

«O lugar do Outro» respondeu ela; «o Outro que me é estranho; o que me habita e desconheço; o que me habita e é exterior a mim. Uma vez que já abandonei o que me interessa, visto que tu não serves os meus interesses; uma vez que já abandonei o que devia ser, uma vez que não me serves de modo algum e, mesmo assim, quero-te; o teu lugar é o do desejo. Por isso, neste amor, nem se aplica dizer «amo-te», nem «eu amo». Talvez o mais conveniente seja dizer: «tu! meu amo!»

Riram-se ambos.

Nessa tarde, ele foi saxofone para ela. Dançaram.

Ela leve, leve, deixou prender, pela extremidade, a sua pele à pele dele.

IX
Com letras de sangue se escreve a palavra «amor»

O tempo passou. Álvaro resolveu ir de novo em busca do filho. Desta vez, levava no coração a mulher que amava e a localização exata onde encontrar Luís.

Na viagem, várias vozes lhe sussurravam. Entre elas, a de Sade[8]:

Tenhamos força de renunciar ao que esperamos dos outros.

Com aquele pensamento, os sábios procuravam manter a cabeça de Álvaro livre de expectativas. Álvaro achava cruel a provação.

Depois, era Klossowski[9], comentando Sade:

A crueldade [...] *nada mais é do que o outro lado do desejo com que cada um se identifica no instante do conhecimento inicial.*

Álvaro contara sempre com muita autenticidade na relação com o filho. Anjos (ou seriam demónios?) murmuravam-lhe, em uníssono, as abominações do *Levítico*[10]. Álvaro sentia-se amaldiçoado por ouvir aqueles pensamentos. As suas relações de amor permaneciam numa área interdita.

Para vencer o mal-estar, resolveu escrever um diário, como se estivesse a escrever uma carta ao irmão. Logo que chegou à cidade de destino, comprou um caderno. Nos dois meses que lá passou, no mais completo exílio, escreveu umas páginas, em jeito de memória.

Na margem superior direita da primeira página anotou uma espécie de dedicatória:

Com letras de sangue se escreve a palavra Amor.
Contributo para menos dor.

Um pouco mais abaixo, à esquerda, começou:

Filipe:

Hoje dirigi-me à empresa de consultadoria onde Luís é diretor.

Esperei desde as sete da manhã para o ver. Finalmente, às oito, ele chegou.

É lindo o meu filho! Há tanto tempo não o via!

Mas ele não me reconheceu! Será possível?

Ele está com óptimo aspeto!

Soube que refez a vida aqui.

Resolvi voltar à tarde para o ver de novo. Não sabia ainda o que lhe dizer. Por isso, não quis estragar aqueles momentos de muda felicidade.

Senti-me um criminoso a desfrutar um bem interdito. Mas tu, que és pai, compreendes não só a alegria que senti, mas também o receio de arruinar tudo com o impulso de me aproximar!

Segundo dia:

Dormi mal, sabes? Acho que foi de ter ficado tão excitado de ver o meu filho!

Hoje tentei de novo encontrá-lo. Ainda não sei o que fazer.

À tardinha, achei que ele olhou para mim, mas não tenho bem a certeza.

Terceiro dia:

Filipe:

Hoje resolvi falar ao meu filho. Ele olhou mesmo para *mim!*

Há muito que o nosso olhar não se cruzava. Beijei-o. ***Ele ficou estupefacto a olhar-me.***

Eu não quis forçar nada. Dei meia volta e saí. Ainda esperei que ele me seguisse. Mas não.

Já foi suficientemente bom assim.

Estou decidido a demorar o tempo que for preciso até que ele me queira falar. Amanhã vou vê-lo de novo.

Quarto dia:

No curto intervalo que ele tem para o almoço, fiz-me encontrado.

Ele mostrou aqueles sinais de inquietação que conheço tão bem. Desviou o olhar, não me enfrentou.

Depois, propôs-me, de chofre, que fôssemos comer qualquer coisa de pé, numa roulotte, o que, como tu bem sabes, é algo que detesto.

Comemos em silêncio.

Ele voltou para o trabalho e eu para casa, desta vez mais esperançado.

Quinto dia:

Está praticamente passada uma semana. Ainda não consegui esboçar o que tinha para lhe dizer.

Hoje é sábado e sei que não o vou encontrar. Segunda-feira vou tentar abordá-lo diretamente.

Oitavo dia:

O fim-de-semana foi triste na espera de segunda-feira, que foi ontem. Ontem ganhei coragem e disse-lhe, no final do dia, que queria estar com ele.

Luís respondeu-me, com alguma frieza, que também ele o tinha desejado durante anos.

Ficou um ambiente pesado entre nós. Não insisti. Vim-me embora.

Décimo primeiro dia:

A semana tem corrido sem nenhuma evolução. Continuo a ver o Luís só ao longe.

Ainda estou disposto a esperar.

A noite é o que mais me custa a passar. Lembro-me de tudo o que deixei para trás e, às vezes, perco a esperança de reaver o afeto do meu filho. Se isso acontece, perco-o não só a ele mas também a mim próprio.

Têm sido horas amargas, as que tenho vivido.

De manhã, quando me barbeio, acho flácida e opada a minha pele. Sinto-me velho, nesses momentos. Dá-me uma revolta! Acho que não mereço isto. Porque é que isto me acontece? Porquê a mim? Sinto-me miserabilista, com pena de mim próprio. Depois, dou-me conta e reajo. Mas há um instante em que nem me suporto a mim, nem a ele.

Pensar em Flor de Seda faz-me bem. Telefono para lhe ouvir a voz e o silêncio que ela faz, à espera que eu diga qualquer coisa. Ela dá-me todo o espaço do mundo para eu ser eu.

Décimo quarto dia:

Filipe:

Hoje foi um dia fantástico! Pela tardinha, o Luís aceitou estar comigo!

Sem nos falarmos, dirigimo-nos para o apartamento que aluguei aqui.

Quando entrámos, fechei a porta e estendi-lhe a mão, como fazia quando ele era miúdo.

Ele ficou transtornado. Ainda de pé, e ao meu lado, senti que ele estava aflito. Puxei-o depressa para mim e abracei-o.

Disse-lhe que, entre nós, tudo estava bem, como sempre.

Disse-lhe que o amava, e essa era a única razão para eu estar ali.

Ele empurrou-me e desatou a pronunciar palavras irreproduzíveis.

Eu puxei-o de novo e abracei-o docemente.

Ele que é, como sabes, mais alto do que eu, deixou cair a cabeça no meu ombro. Naquele momento, senti-o pequenino. Mas em seguida, ele repeliu-me, como se se tivesse arrependido de se me entregar nos braços.

Estreitei-o de novo. Parecia que as palavras (que tenho tantas, como bem sabes) me tinham abandonado.

Ele deve ter percebido o meu estado de atrapalhação e de fragilidade. Resistiu ao meu amplexo. Deu-me um safanão.

A partir desse momento, não sei bem como as coisas se passaram. Só sei que nos envolvemos à luta.

Ele deu-me murros na cabeça, no peito, no corpo todo. E eu a ele! E eu a ele, Filipe! E ele a mim!

Gritámos e chamámo-nos todos os nomes. Nomes que nem tu podes imaginar!

Grunhimos, ladrámos, zurrámos, gememos, mordemo-nos.

As paredes do quarto encheram-se de sangue. Pedaços arrancados dos nossos corpos mordidos iam pousando na alcatifa.

Um cheiro quente a carne, urina, fezes e suor expandia-se no ar. Respirávamos a custo.

Lágrimas? Havia-as muitas! Em charcos, mesmo!

Num dado momento, estávamos os dois a chorar, a batermo-nos e a abraçarmo-nos no que restava de nós dois, mutilados.

Depois, e tudo se passou como te digo, sem que nenhum de nós soubesse o que fazia, beijámo-nos na boca e amámo-nos, como só dois homens, um pai e um filho, são capazes de fazer.

Ele entrou no meu corpo e pediu-me, chorando, para ser de novo o meu menino. Eu embalei-o, como outrora.

Preparei-lhe comida, dei-lha à boca, sosseguei-o e adormeci-o nos meus braços.

Ele deixou-se acoitar, como meu filho que nunca deixou de ser. Pele doce, suave e quente, a dele.

Ouvi os sonhos dele. As queixas que ele tinha guardadas só para si.

Soube de coisas incríveis que se passaram com ele na escola, com os colegas. Contou-me da primeira namorada que tardou tanto em arranjar. Contou-me das outras que ele desejava, mas não conseguia ter.

Eu chorei dentro do corpo dele e pedi-lhe que me deixasse ser, de novo, o seu pai.

Ele abraçou-me.

Com ele pendurado no meu pescoço, indiquei-lhe no céu a Ursa Maior, a Menor, o Pequeno Leão, o Leão, o caminho para Vega, para Cassiopeia, as rotas rumo ao Cruzeiro do Sul e a Alfa de Centauro. Ficámos, na noite infinita, a olhar o firmamento. Um dentro do outro, em silêncio.

Passámos, assim, o que viemos a descobrir ter sido um mês. Enlaçados, devorados, miscigenados.

Trocámos todas as frases, sons, conteúdos que não havíamos feito em todas as nossas vidas. Alimentámo-nos disso. Um ao outro. Um no outro.

A porta tocou, e não abrimos. O telefone soou, e não atendemos. A noite e o dia passaram, e disso não quisemos saber. A fome chegou e partiu.

Dramaturgos, poetas, filósofos e políticos visitaram-nos. A todos acolhemos e a todos despedimos.

No final, ficámos os dois. Um que fomos dois. Dois que fomos um.

Ele, debaixo da minha pele, aqueceu-se com o meu calor. Eu, dentro do seu sangue, percorri-lhe corpo e mente. Ele, penetrando nos meus órgãos, alimentou-se de mim. Eu, no corpo dele, outrora esvaziado pela tristeza, semeei presença, eternidade e luz.

Ele acolheu-me na sua boca e nomeou-me «Pai!» Eu puxei-o do meu ventre e designei-o «Filho».

Ele quis-me mais novo, mais velho, mais sempre. Eu quis, quero-o, querê-lo-ei.

No final, partimos.

Quem nos viu, antes e depois, reparou: por nós haviam passado trinta anos mais e trinta anos menos. Os trinta que haviam passado a mais eram os anos que nos deixavam as memórias eternizadas pela repleção de um amor compartido; os anos que haviam passado a menos eram os que nos deixavam a liberdade e a juventude de percorrermos a vida de novo.

Despedimo-nos num «até já», «até logo», «até sempre», sem mais despedidas.

Na hora da partida, juntámos todos os pedaços de nós (dispersos no apartamento), lambemos as nossas feridas, enchemo-nos do nosso sangue, sarámos as saudades do que nunca tinha, até então, sucedido.

TERCEIRA PARTE

Pedro e Ava

I
A Era do Agora

Álvaro e Luís tinham inaugurado, sem o saberem, uma nova era: a do Agora. O encontro de ambos originara uma hecatombe.

Pedro e Ava recordavam o Sol que se eclipsara, a Lua que se afundara na Terra e os Oceanos que, animados de furor, haviam invadido as margens, terras aráveis, desertos, vilas, cidades e civilizações.

Os dois amantes dessa nova era tinham testemunhado tudo e sobrevivido.

Fizera-se escuridão total. Do eclipse, guardaram a memória dum terror indescritível de queda. Acaso não estivessem juntos, teriam soçobrado.

Sem saberem como, tinham sido arrancados como árvores numa tempestade e projetados ao encontro um do outro.

Colados, desesperavam na ânsia de sobreviver.

Sem chão para se apoiarem, eram continuadamente devorados pelo abismo.

Por não terem mais nada, nem ninguém, a que se agarrar, tinham-se dado as mãos. Lançados como rochas, vagas, areias e cinzas, haviam-se abraçado.

No vórtice, sentiram a respiração um do outro como sinal inequívoco de ainda estarem vivos.

Maldição? Bênção? Não o sabiam.

Respiravam-se um no outro e nos restos que cada um carregava do tempo que estava a perder.

Um soluço, que não saía, estrangulava-os. A dor, agónica, era indescritível.

As cores que surgiam em redor e a seus pés iluminavam-lhes um caminho incerto e terrivelmente novo: verde, azul-escuro, despovoado, magenta.

Olhavam-se perplexos. No espaço em volta desenhavam-se estrelas e um céu plúmbeo, de atmosfera pesada, que respiravam a custo.

Do passado, ficar-lhes-ia a centelha do desejo de se redescobrirem. Fá-lo-iam animados de sofreguidão.

* * *

Tal como Pedro e Ava, outros tinham sobrevivido. Por que desígnios ou para que propósitos, isso era de todos desconhecido.

O insondável inquietante seria procurado, naquela era, através do que se designaria por «religião», «arte» e «ciência» porque os sábios, poetas, pensadores e filósofos, já não ensinavam diretamente os homens.

Os homens sentiam-se, por vezes, crianças desacompanhadas que haviam prestado pouca atenção aos ensinamentos outrora recebidos. Inculpavam-se disso, mas culparem-se não adiantava nada.

Outras vezes, os homens sentiam-se desesperançados perante essa perda. Reagiam, inovando e inventando. Quando o faziam, ganhavam algo novo, mas outro tanto perdiam. Nunca alcançavam a totalidade.

A memória do passado perduraria, ensombrando a autonomia do discernimento e o pleno acesso ao conhecimento.

Os homens aprenderiam, tardiamente e a muito custo, que o melhor a que poderiam aspirar era a sabedoria de fazer perguntas e não a de encontrar respostas.

A sabedoria que cada um alcançava era fruto de trabalho. Pela palavra e pela vida aprendiam a raciocinar.

Dedicavam-se ao amor. Através deste e de todas as atividades criativas que conseguiam concitar, mediavam melhor o tempo que ia entre o «agora» e o «agora» das suas mortes.

Cada um tentava afundar no lugar mais íntimo de si a suspeita de estar só, bem como o desespero que daí advinha.

Aquilo que cada um fazia com toda esta herança era designado pelos poetas por «identidade».

As plantas, as rochas e os animais nem eram já tão comunicativos, nem tão próximos dos humanos. As suas essências, cores e pensamentos tinham, em parte, perecido.

II
Apenas crianças

Ava apertava Pedro contra si. Agachada de cócoras, sentia nas suas costas a roda do carro atrás da qual ambos se haviam escondido dos amigos. Jogavam às escondidas.

Naquele final de Agosto a noite tinha caído abruptamente após o jantar. Despreocupados, enquanto os filhos brincavam, os pais falavam com amigos, discutindo política. As mães falavam das peripécias das crianças.

Pedro tinha no corpo certas feridas mas, para Ava, era o mais lindo rapaz das férias. Os seus olhos azuis-escuros, às vezes castanhos, encantavam-na.

Na madrugada dos seus sete anos, Ava elegera Pedro para seu amante.

«Dá-me um beijinho!», pediu, melosa. Pedro fez o que ela lhe pedia.

«Não é na cara, é na boca!», reclamou.

«Aí?», ele estava perplexo, «não pode ser, não somos grandes!»

«Pode, pode!». Ela beijou-o, atrevida, puxando-lhe a cabeça para junto de si.

Atrás do carro, estreitaram-se como só duas crianças sabem fazer.

O jogo das escondidas levara-os a esconderijos mais longínquos até que, a partir de um certo dia, deixaram de participar na brincadeira dos outros meninos. Passaram a desvendar, um no outro, lugares ocultos até um quarto para a meia-noite, hora limite de irem para a cama em férias.

Por cinco anos a fio, Ava havia de desejar encontrar Pedro no Verão.

Durante o período escolar, esquecer-se-iam um do outro. Quando se reencontrassem, sentiriam que nunca se haviam separado.

A paixão de ambos recomeçava no exato ponto em que tinha ficado suspensa. A história do amor dos dois prosseguiria, sem interrupção, naquela estranha maneira de viverem na presença e na ausência um do outro.

Nos primeiros meses a seguir a Agosto, correspondiam-se. Pedro escrevia o que, naquela época, era já considerado obsceno.

Ava comia as letras das cartas que ele lhe escrevia. Inalava a tinta e o papel. Lambia e mastigava a correspondência como se se tratasse de pedaços da pele dele.

Mais tarde, ela lamentou a sua voracidade quase canibalesca porque daquele maravilhoso tempo não sobraram memórias escritas. Mas, em contrapartida, ela inscrevera «Pedro» na sua memória celular.

Aquele namoro era interpretado pelos pais de ambos como um assunto divertido e consentido: algo de crianças e, como tal, sem importância.

Ava recordava as qualidades iniciais dos primeiros beijos: inseguros e com muito cuspo. Ambos precisaram de intensa prática para deixarem de se babar e sujar. Em adultos, quando se reencontrassem, repetiriam, no máximo do enlevo, aqueles mesmos desvarios.

Em criança, Ava sentia-se inchar só por acalentar, de memória, a presença de Pedro junto de si. Desconhecia ainda o significado linguístico da palavra «excitação», mas o corpo conhecia-lhe já a plena significação carnal.

Ela achava que tudo o que vivia com Pedro estava muito certo, conquanto percebesse que nem toda a gente estaria de acordo.

Por sua vez, Pedro descobria que namorar era bom. Dado que já era, mesmo com aquela idade, muito afeito à experimentação, passava o período escolar a escrever cartas, não só a Ava, mas também às outras meninas do colégio. Com esta prática, preparava já caminho para o seu futuro. Tornar-se-ia poeta, pensador e professor.

Experimentava-se, namorando com duas, três, quatro ou mais, ao mesmo tempo. Animado de um intenso afã de se descobrir não havia, no final do ano letivo, menina a quem não se tivesse declarado.

Mais tarde, ele teria muita dificuldade em convencer a mulher que amasse de que a amava verdadeiramente. Mas na sua infância não pensava nisso e, a bem dizer, tal nunca constituiria para si um problema.

Ele tinha o dom da sedução e alma de cigano. Como já então dizia: «quem não o quisesse, que o pusesse na borda do prato». Mas não havia quem o fizesse.

Ava suspeitava da leviandade dele, mas não se importava demasiado. Nas férias, ele era só seu.

* * *

Nos anos seguintes, e até à adolescência, Pedro e Ava entretiveram-se a investigar os respetivos sexos, um com o outro e com um grupo de amigos.

Nas tardes quentes das férias de Verão, quando era suposto estarem a dormir a sesta, ela rebolava na cama vezes sem conta, dando cambalhotas sem cuecas. Os seus cabelos cor de cobre tapavam-lhe os olhos, poupando-lhe a mente à consciência de alguma vergonha.

Escancarava o sexo para os meninos que, em seu redor, ficavam de olhos esbugalhados.

Eles, num gesto que retribuía a generosidade dela, exibiam-lhe os seus, endurecidos. A primeira vez que os viu, ela achou que pareciam dedos. A princípio, tocou sem perceber do que se tratava mas, no íntimo, entendia tudo em virtude das memórias que lhe tinham restado da outra era.

Uma das brincadeiras mais cobiçadas por todas as crianças era a de jogarem às escondidas na nova versão inventada por Pedro. Esta tinha sido prontamente aceite por todos.

Os meninos deviam deitar-se na cama grande de casal, tapar-se com um lençol e deixar de fora, somente, os pénis. Ava tinha, por tarefa, a identificação do rapaz a partir daí. Se se enganasse, seria submetida a uma tortura escolhida pelo miúdo alvo do equívoco. Se acertasse, seria ele quem se submeteria aos caprichos dela.

Nunca nada de dramático acontecia. Tratavam-se, tão-somente, de crianças a brincar no período da sesta.

Aquelas brincadeiras haviam sido precedidas de outras, anos antes, no quintal de Ava.

Enquanto os pais dela não chegavam do trabalho, Pedro e outros meninos viravam e reviravam Ava sobre uma cama improvisada de tábuas e pneus. Colocavam-na em inúmeras posições que providenciavam serem confortáveis. Depois, faziam-lhe coisas proibidas que os vizinhos, escandalizados e invejosos, se encarregavam de delatar à família dela.

Os garotos espetavam coisas e coisinhas em todos os buracos que descobriam no corpo de Ava.

Ela a tudo se submetia, num sentimento imperativo, misto de perdição e de novidade.

Em muitas ocasiões, ela também fazia o que era considerado maldade para os adultos: enfiava objetos dentro dos meninos mais novos.

Passavam horas naquilo e nenhum pequeno se importava.

O sol quente iluminava-os a todos, anunciando-os como crianças devassas e perdidas.

Faziam tudo em público porque não sabiam o que era intimidade, maldade ou proibição.

Entre eles havia irmãos, primos e amigos. Todos recebiam igual trato. A exceção era Ava, por ser a única menina do grupo. Tinha, por isso, um estatuto privilegiado e cansativo do qual nunca se queixava.

Os brinquedos de menina, que recebia nos aniversários, eram destruídos pelos rapazes. Aqueles que ela conseguia preservar eram usados em brincadeiras intercalares, mais sérias, nas quais fazia de mulher de todos e de cada um, à vez. Dava-lhes a comer conchas da praia com água e açúcar, vitualhas opíparas que eles simulavam devorar.

Quando ela brincava com outras meninas, percebia que havia brincadeiras sobre as quais devia guardar segredo. Foi começando a perceber o que era proibido e inconfessável. Aprendeu muito cedo a diferença entre o que devia calar, mas não devia deixar de consentir.

Mais tarde, quando ela tentou rever, junto dos companheiros de infância, aqueles momentos de inusitada iluminação percebeu, com profundo desgosto, que eles tinham esquecido. Seria pudor? Não sabia.

* * *

Somente um menino, o Pedro, recordaria aquelas tardes soalheiras quando, aos sessenta anos, a propusesse em casamento.

Naqueles anos da remota infância, e nos seguintes, as crianças brincavam também aos oceanos, recriando a queda do passado. Iam em barcos que naufragavam. Sobreviviam, respirando água. Brincavam a inventar filmes de índios e cowboys.

Em muitas das «produções», Ava era espancada por bandidos e malvados. Agarrada com cordas a um poste, gritava por Pedro para que este a salvasse e, depois, a torturasse. Era salva no derradeiro momento. Aliviada, agraciava então o seu herói com um abraço fundo, muito apertado.

Por vezes, no meio das «filmagens», acontecia outros meninos interferirem. Ela, que só queria brincar com Pedro, arranjava maneira de todos brigarem.

Muitas vezes, pelo final da tarde, os rapazes apresentavam cabeças partidas, línguas mordidas e outros sinais de barbárie. Eram levados às urgências pelos pais aflitos que, depois, os punham de castigo.

O pediatra de Ava, desconhecedor de quem ela era, chegara mesmo a aconselhar a mãe a não deixar a filha entregue àqueles miúdos selvagens.

* * *

Ava fazia «filmes» com Pedro em que era, em simultâneo, a sua namorada, mulher e égua.

Em todas as encenações, ela tinha sempre a sensação de ser insubstituível. Todavia sabia que, só muito superficialmente, ele lhe reconhecia esse estatuto. Não se importava. De qualquer maneira, ela era a sua única companheira dos cenários inventados a dois.

Se ele dizia «mar», o mar surgia aos pés dela. Se ele a agarrava a uma árvore e a montava, ela sabia ser a sua égua. Comia verde pasto e, por estranho que parecesse, saborear as ervas era o que ela mais ansiava na vida. Mastigava e apreciava como só uma égua o sabe fazer.

Se ele a chamava, como quem chama pelo melhor amigo e companheiro de lutas, ela sabia o que era ser um rapaz. Sentia o sexo modificar-se, ganhando volume. Tornava-se no seu companheiro e irmão de desavenças e rixas.

Em contrapartida, se ela dissesse «noite», tinha a certeza que as pupilas dele se dilatariam, adaptando-se à escuridão. Sob o sol de rachar que estivesse, «noite» seria sempre noite para os dois.

«Medo» seria medo para ambos e, bem assim, «perigo», «excitação», «suor» e «dor».

Nos momentos em que «filme» passava a realidade, ele deixava-a desamparada inúmeras vezes. Ela suplicava para que ele não a abandonasse. Ele fazia de conta. Ela reclamava o início de um novo «filme». Ele não respondia. As «filmagens» tinham acabado mas a emoção era sempre verdadeira.

Embora participassem de um mundo criado no cruzamento dos seus mundos, o mundo real era ciclicamente perdido para o da horrível fantasia. Nesse momento, quando a fantasia se tornava dilacerante, Ava chorava e Pedro batia-lhe. Quando a fantasia se tornava insuportável, ambos concordavam, sem precisarem de falar, em passar à «realidade das filmagens». Então, tudo recomeçava.

Pedro era o único menino, o único amigo amante que brincava assim com Ava. Amavam-se, sem o saberem.

Cúmplices, nunca falavam de nada objetivo das suas vidas. Mais tarde, quando se reencontrassem, continuariam a comunicar assim naquele jeito peculiar.

«Intimidade» era uma palavra que desconheciam. O que acontecia no momento era sempre o mais importante e, simultaneamente, o mais indescritível.

Nenhum deles se esquecia de que eram dois seres para o dia e para a noite. Mas, quando estavam juntos, havia outras regras que os regiam. A escola, os pais, os amigos, tudo parava para eles brincarem.

Mesmo quando sofriam pancadas, injustiças e outros agravos, não falavam deles explicitamente. Ele pegava num carrinho e fazia «brum». Ela sentava-se ao seu lado e deixava-se conduzir.

«Saíam» do quarto, «passeavam».

Ele era um condutor brilhante. Ao seu lado, ela sabia que a velocidade seria sempre vertiginosa, mas nunca nenhum acidente sucederia.

Ele «conduzia» um Fórmula Um. Ensinava-lhe coisas sobre competições e carros de corrida. Falava-lhe dos seus heróis. Ela, embevecida, tudo decorava.

Às vezes, pelo prazer de ter alguém com quem competir, ele ensinava-a a «conduzir». A condição que lhe impunha era a de ela perder sempre.

Se ela se esquecia da regra, ou a disputava, ele perdia a cabeça, batia-lhe e ameaçava-a de não brincar mais. Mostrava-lhe que, quaisquer que fossem os brinquedos que ela tivesse, os dele seriam sempre os melhores. Então ela chorava e implorava para que ele lhos desse ou, pelo menos, emprestasse.

Ele torturava-a assim, até ela se esquecer de querer ganhar de novo as brincadeiras.

Aos sessenta anos, embora ainda não a tivesse reconhecido plenamente mas já a houvesse intuído, Pedro haveria de dizer a Ava que, quando ambos fizessem amor, o fariam da mesma forma como haviam brincado em crianças.

III
«Adoro-te!»

Aos vinte e nove anos, Pedro encostou Ava contra uma pedra que havia num bosque perto da casa dela. A manhã terminara quente naquele final de Primavera.

pelos tubos do órgão descem cem serpentes
assobiando, assobiando,
cegas de terra e paraíso. e é tanto o som
que Adão, entrando,
só ouve o repicar dos sinos.

António Vera[11]

Os perfumes das glicínias e do tabaco confundiam-se, na boca dele, com os aromas da madeira quente e da resina. Ela memorizou todos os odores no seu corpo. Todas as vezes que o desejasse, aqueles cheiros invadi-la-iam, exigindo-lhe o amor.

Meses antes, ambos tinham ido a uma excursão da faculdade. Antes do almoço, ele sentara-se num banco da camioneta atrás dela, cantando uma canção.

Ela ficara perplexa por ele conhecer aquela música: como era possível Pedro trautear tão bem uma melodia que lhe era tão querida? Sentiu algo indefinido.

Uma colega de curso comentou que Ava era uma pessoa especial: sabia coisas que os outros desconheciam. Ava ficou encabulada. Sentia a presença de Pedro atrás de si no banco. Tinha a impressão de que tudo quanto ele dizia se destinava, apenas, a ser ouvido por si.

Mais tarde, Pedro confessou-lhe que tinha sentido, naquele instante e na raiz de si mesmo, que a queria. Tal revelação custara-lhe alguma inquietação. Já tinha constituído família. Jurara ser fiel ou, na pior das hipóteses, a de o não ser, jurara poupar a mulher a essa situação.

Era-lhe difícil resistir ao próprio desejo bem como ao das mulheres que lho correspondiam. Como não negava o amor, não pôs de lado o que se lhe revelava naquela tarde: parecia um amor à primeira vista.

Aguardou um ano por Ava. Foi tentando aproximar-se, o que não foi fácil.

Ela esquivava-se sempre que possível. Contudo, sempre que o rejeitava, era logo assaltada pelo sofrimento. Pouco depois, era ela quem corria a implorar para que ele não a abandonasse.

De uma dessas vezes em que se reaproximaram ele afirmou, em jeito de pergunta:

«Sabes que um dia terás de fazer amor comigo, não sabes?» Ela esqueceu por completo a resposta.

Naquela altura, com dezassete anos, era ainda virgem.

Na primeira vez, em que se encontraram no bosque, e os corpos de ambos foram um do outro, ele comentou que não tinha imaginado amá-la naquele dia. Estava resignado com a condição, que ela lhe impusera, de só trocar alguns carinhos.

Para seu espanto, ela confessou-lhe que, já desde manhã, sabia ser aquele o dia da entrega. Soubera-o no preciso momento em que hesitara na escolha do que vestir. Ao preterir umas calças, em favor de uma saia bem curta, percebera o seu desejo inadiável.

Daquela confidência, ambos se riram como crianças que já não eram.

«Adoro-te! Ponto! Adoro-te! Ponto! Adoro-te! Ponto!», ouviu-o ela extasiada, nessa noite.

IV
Um nome que é infinito

Ela ecoava o nome dele e parecia-lhe descobrir novos sentidos naquele silabar louco.

Primeiro vinha o «Pê». Deixava a boca entreaberta, sentia tensão nos maxilares e apercebia-se de uma grande vontade de mastigar. Mastigá-lo. A boca toda não o continha de uma só vez.

Com o «dro», que se seguia a «Pê», surgia uma inquietação: «dro» parecia uma antinomia de «Pê». Seria «dro» o amargo que se seguia ao doce? Não sabia se «dro» correspondia à expulsão do «Pê» ou a uma deglutição deste. Esta última hipótese agradava-lhe especialmente. Mas, depois, sobrevinha a dúvida: seria o «dro» o horrível gume da razão que decepava «Pê»?

Pensava, então, para se acalmar, que «dro» tanto podia ser a luz que fere pela insuspeitável realidade que ilumina, como podia ser a luz que aponta e suaviza o caminho.

De toda a maneira, sabia que Pedro era aquele que amava e dominava.

E se, em vez de Pedro, dissesse Peter? Ah! Aí, «Peter» era não só o homem que amava: era também um instrumento de guerra! Se dissesse «Peter», comia-o menos, admirava-o muito mais: era mais nítido o seu ar *british*.

Neste sentido oculto do nome, encontrara a missão de Pedro no D. Pedro I de Portugal, o Justiceiro; em D. Pedro I, o primeiro Imperador do Brasil e rei de Portugal; só na Dinastia de Bragança contou quatro Pedros: o II, III, o IV e o V; para lá de Pedro, o Grande, da Rússia; ou de São Pedro, o clarividente fundador da Cátedra do Vaticano.

Contara, de uma só vez, o peso de trinta «Pedros» sobre o nome do seu amado.

Sentira, desse modo, a responsabilidade de ele ter nascido com tal nome. Como compensação, vinha-lhe apenas à memória a recordação de um outro Pedro, um primo seu e companheiro de infância.

V
Amor louco

Quinze dias sem se verem, tornava-se um sofrimento para ambos.

«*Ma che cosa diffcile! Troppo diffcile!... Parlando la verita, ti amo!*»

Ele falava em todas as línguas e tocava-lhe todos os sentidos.

«Tu ativas a minha humanidade mais primitiva e eu transformo-a num desígnio básico de esperança. E todas as vezes que me encontro em ti, ressuscito, como a Fénix! E ao longe, no céu, está uma estrela de prata. Uma Princesa de Seda que me ilumina».

«Princesa», como é que ele adivinhara, era um dos seus atributos de infância. Aquele com que os pais adoptivos a tratavam.

Numa manhã, ele telefonou-lhe, tratando-a por «imperatriz».

Ele era o seu servo! Ela não parara de rir.

«Estou tão feliz por te ouvir rir! Como Rommel, quando entrou no Egito!»

Ele adorava vê-la feliz. Achava-a um pouco soturna e assustada com essa paixão.

Embora o tempo de ambos fosse pouco, arranjavam sempre maneira de se encontrarem. Houve um dia em que dispuseram de muito pouco tempo para namorar. Ela foi ao seu encontro numa pressa. Iam estar longe um do outro por duas semanas.

Ela atrasou-se. Ele era muito pontual. Ela, naquela hora, por mais que corresse, não conseguia chegar ao local do encontro. No meio daquele desnorte, ele ligou-lhe:

«Princesa de Seda, perdeste-te?»

«Estou a chegar!»

E chegou. Subiu a escadaria de madeira a correr e entrou na casa dele. Ele já lhe tinha aberto a porta. Esperava-a na sala, ao fundo do corredor.

«Princesa de Seda, entra!», chamou imperioso, desviando-a dos cumprimentos de uma mulher que estava no hall.

Os olhos e a voz dele eram cordas que a puxavam.

Mal ela entrou, ele fechou a porta atrás de si, apontou-lhe uma cadeira para ela se sentar. Pôs-se a olhá-la, como quem está disposto a retirar de um instante a eternidade.

Estava num plano ligeiramente superior ao dela. Ela preferia assim. Sentar-se num banquinho, fazia-a sentir-se no lugar exato do afeto, o lugar do animal de estimação dele. Ele fumava. Tinha os olhos avermelhados.

«Princesa de Seda, perdeste-te?», brincou ela, repetindo as palavras dele. Olhava-o entre o travesso e o magoado.

«Não vou ter quase tempo para almoçar! Temos quinze minutos para estarmos juntos!»

Estiveram-no de rompante. Ele não queria. Ela insistiu. Ele detestava o amor numa pressa. Ela insistiu. Ele correu as pesadas cortinas da sala.

Mais tarde, ele confessou-lhe:

«Amei-te por te saberes importante!»

«Estive para levar, naquele dia», respondeu ela, em jeito de confissão, «escondidas dentro da minha mala, umas espumas de campismo para nos deitarmos no chão!»

Riram.

«És maluca!», disse ele, marcando as sílabas.

Todos os dias, ele deixava-lhe mensagens e bilhetes.

«É sempre uma surpresa tão boa ter um bilhetinho teu!», agradecia ela.

«Só é uma surpresa para quem ainda não se sabe ter sido uma surpresa na minha vida!»

Ele ia semeando nela a certeza de querê-la. Depois de uma tarde de amor, ele confessou-lhe:

«Estou completamente rendido!»

«Protege-me sempre! Não consigo entregar-me a este amor se não o fizeres!», suplicou ela.

«Cid, Cid, Cid! Serei sempre o teu Cid, o Campeador! Nunca te disse mas, antes de mais, eu sou um hispânico, um iberista!»

Momentaneamente, ela viu-se regressar a cenários de outros tempos, a Cervantes e depois a Lorca. Projetou-se com Pedro em Sevilha, pelas cinco em ponto da tarde, na Maestranza. As fragrâncias de corpos perfumados: ele e ela ajaezados, coloridos, soberbos.

«Não sabes como gosto de ti!», gemeu ela baixinho, «gostava tanto de passar contigo aquele fim-de-semana. Será que vai ser possível?»

«Não sei porque não há-de ser! Mas, antes desse, ainda há o próximo, o outro e o outro! Só depois vem esse. Mas não voltes a dizer que não sabes como gostas de mim, porque esse ponto eu próprio já o ultrapassei há muito, e é maravilhoso! É O Amor Louco de que fala André Breton[12]! *L'amour fou! L'amour unique!*

E, abrindo o livro, leu-lhe diversas passagens:

> [...] *Amor, único amor que existe, amor carnal, adoro, sempre adorarei a tua sombra venenosa, a tua sombra mortal.*
>
> [...] *É no mais profundo do cadinho humano, aí, nesse lugar paradoxal, onde a fusão de dois seres que realmente se escolheram um ao outro restitui a tudo quanto existe as perdidas cores do tempo dos antigos sóis, nessa região onde, todavia, também impera solidão, mercê de uma dessas fantasias da natureza que permite que, em torno das crateras do Alasca, continue a haver neve sob cinzas, é aí, precisamente, que eu* [...] *pedi que se procurasse uma beleza nova* [...] *a passional.*
>
> [...] *Gostaria de saber-vos loucamente amada.*

Ela sentiu-se loucamente amada.

«Em cada momento da minha vida há uma só mulher, um só corpo. Tu és a mulher!»

Tudo quanto ele dizia, ela sabia ser verdade. A impostura era somente a que nela ainda teimava, escusando-se à revelação da sua autenticidade.

Tudo quanto acontecia seria bom demais? Haveria uma medida para o «de mais»?

«Pisas como um cavalo andaluz! Tens um porte de rainha!», disse ele num tom apreciador.

De princesa a rainha! Regressou, em fantasia, a Sevilha, a Hemingway: *Fiesta*! Estava lá, algures, perdida numa taberna, a almoçar paelha com Pedro. Ambos brilhavam, com o suor que o enlace, materializado no pino do Verão, confere àqueles que se amam.

* * *

Uma estação depois do primeiro beijo, ele telefonou-lhe de madrugada com um tom cavo:

«Princesa de Seda, não reparaste ainda que eu estou sempre de acordo contigo?»

Ela manifestara-lhe o desejo de ter um filho.

«Ficaste em silêncio!», notou, aflita.

«Observo a tua paixão! Eu sou o macho que tu elegeste como o mais capaz para ti!», depois, arrebatado: «Princesa de Seda, tu ainda não viste? Eu quero tudo, tudo, contigo!»

Cantou-lhe uma canção que ela continuou. Trautearam juntos.

«Mas tu conheces esta música? E esta?», perguntava-lhe ele espantado.

«O meu ouvido não é um problema!». Nessa tarde, ela dançou para ele.

VI
Memórias da velhice

Pedro e Ava reencontraram-se quando ele tinha oitenta e dois anos. Naquela época viviam juntos. Como ele era dado a hábitos de muito tabaco, muito trabalho e pouco descanso, tinha começado, uns meses antes, a sofrer de problemas de circulação.

Ava pegou-lhe no sexo, tal e qual ele estava e, recordando o que tinham feito na infância, colocou-o dentro de si. Ambos diziam que não valia a pena, que não havia nada a fazer, mas insistiram. Daqueles momentos supremos que se seguiram, tiraram o imenso prazer da surpresa. E, conquanto aquela fosse já uma noite longa para os dois, perguntaram-se:

«Amor, porque me fazes estas coisas?»

«Porque mas fazes tu?»

«Porque te adoro!»

«E eu a ti!»

O sexo dele e o dela pareciam de novo meninos traquinas.

No poente da vida, Pedro conservava a atitude sedutora que o acompanhara desde a infância. A sedução fazia parte de si. Praticava-a por método, postura e identidade.

Dizia-se mais seletivo, mas isso refletia-se unicamente na faixa etária das mulheres que procurava, a qual se situava abaixo dos cinquenta. Mas, se sentisse que elas o desejavam, fazia-se sedutor. Não lhes resistia.

Cortejava gordas e magras. Não gostava que se lhe adivinhasse esta faceta demófila porque se pretendia aristocrático. Mas na verdade, desde que houvesse uma mulher por perto, eclodia a condição suficiente para se exercitar enquanto homem.

Havia, nas suas atitudes, um gosto inconfessado, populista, que o atormentava. Desejava ver-se como um liberal de bom gosto, mas o espírito apostólico de cruzado, que há muito tinha recalcado numa adolescência anti-crente, persistia em lhe aparecer disfarçado daquela maneira.

Interiormente, pretendia converter todas as mulheres e salvá-las do inferno do não-desejo. Esse era o motivo oculto que o levava a nunca ter resistido ao cultivo de paixões.

O seu verdadeiro espírito liberal revelava-se, em pleno, na obsessão por inculcar nas mulheres a necessidade de obterem favores sexuais. Nessa fase, de «propaganda» ou de «abertura de mentalidades» ao produto chamado «Pedro», ele usava processos ímpares e criativos.

Os seus métodos incluíam tudo o que se possa imaginar: prometia travestir-se de fêmea para não ferir as mulheres com a sua masculinidade. Noutras ocasiões, quando supunha que elas podiam achar o seu desejo excessivo, violento ou inusitado, podia disponibilizar-se a diminuí-lo, tomando hormonas femininas.

Quando, por fim, lhes inculcava a necessidade e o anelo pelo consumo de «Pedro», estabelecia-se uma nova fase, a do «esclarecimento». Informava-as acerca das formas de utilização de «Pedro».

«Pedro» era um produto que tinha de ser tratado com muita meiguice e, sobretudo, com muito desejo, sempre.

Pedro não suportava frustrações ou palavras amargas. A mulher que o quisesse conservar deveria compreender essa regra desde o princípio. Pedro não daria nenhum sinal. Leccionaria a última aula do curso de «Liberalismo Sexual».

A mulher pouco avisada pensaria que iria a tempo de mudar. Todavia, o produto chamado «paixão de Pedro» estaria já perdido. Seria uma questão de tempo, e esse seria já muito escasso.

Pedro prosseguiria a sua «missão evangelizadora» de outras mulheres, talvez desiludido. Mas, até morrer, estaria animado de fé inquebrantável no amor.

Ava, que tinha intuído esta mentalidade dele, tinha-lhe pedido que não guardasse ressentimentos.

Com o propósito de o conservar, pedia-lhe regularmente que divulgasse a sua eventual «lista negra». Ele dizia que estava limpa. Contudo, só o tempo e os anos passados em conjunto a convenceriam plenamente.

VII
Pedro na eternidade

Ainda em vida, Pedro teve a alegria de ver todos os seus ensinamentos, métodos e peculiaridades serem estudados e proclamados em profundidade por um grupo de mulheres apaixonadas e ex-apaixonadas.

Inicialmente, elas reuniam-se às terças-feiras até largas horas da madrugada em casa umas das outras. Tinham conseguido, com algumas publicações, angariar fundos para a constituição de uma Academia: a dos Amadores do Desejo, com sede e discípulos.

Não se pode dizer, acerca daquela sociedade, que ela fosse secreta. O acesso era difícil, havia provas de ingresso. Era uma sociedade elitista. Alguns dos ensinamentos que lá se veiculavam iam passando para o exterior. A sociedade publicava artigos sobre o método de Pedro.

Como se tratava de um verdadeiro método científico, o sucesso era garantido desde que se conseguissem vencer os obstáculos.

A corrida requeria dos interessados longo fôlego. No final alcançavam o chamado «verdadeiro amor», o único digno desse nome, porque dele tinham sido expurgadas a dependência e a criancice.

Desviar, minorar e transformar estas emoções relapsas, verdadeiros escolhos do progresso, eram algumas das mais duras tarefas dos candidatos. Por isso estes contavam, durante largos anos, com o auxílio de professores experimentados na arte do amor, aos quais reportavam todas as vivências tidas nesta nova área do saber.

A falta de intimidade e de pudicícia, consequências naturais do facto de tudo contar a outrem, chocavam inicialmente os principiantes. Para lhes minorar a inquietação, era-lhes prometido que no dia em que atingissem a meta, a mais ninguém dariam contas da sua vida.

Os melhores seriam convidados para assessores. Passariam ao grau de auxiliares de candidatos, ajudando-os no expurgo dos princípios opostos à realização do amor.

Se a idade já fosse avançada e o impulso fraquejasse, sobrar-lhes-ia a realização através do êxito dos discípulos. Mas não era dessa satisfação que a sociedade se ocupava.

* * *

Amar, amar, amar! Sempre tinha sido esta a atitude de Pedro na vida: uma abordagem metódica da crença em Eros.

Lá para o fim da vida, estranhava ser tão difícil aos outros atingirem o que ele tinha percebido aos dois anos de idade: que estava só, e os únicos momentos em que não estava, eram aqueles em que se via tocado pelo amor.

Reconhecia, com pesar, e à medida que envelhecia, que lhe dava mais prazer o sexo se estivesse conciliado com a paixão.

Esta descoberta tinha-o levado, a partir dos sessenta, a procurar sempre o estádio da paixão.

Passara-se algo de semelhante com os seus estudos, investigações e cosmopolitismo. Tudo amava com um coração apaixonado.

Com noventa e dois anos, havia ainda mulheres de quarenta que o procuravam. Ele, que era por natureza um predador desesperado, embora se olhasse ao espelho e não gostasse do que via, não conseguia resistir à paixão. Fazia tudo para corresponder ao desejo.

Não é pois de estranhar que Pedro, para além de ter ficado para a história como poeta, fundou a «Academia de Amadores do Desejo» da qual deteve, até morrer, o título honorífico máximo. Deu inúmeras palestras, conferências e entrevistas sobre o assunto. Por isso, e em verdade, nenhuma mulher inteligente pôde queixar-se de ter sido por ele enganada.

Ava, que conhecera desde a infância aquela faceta de Pedro, não se preocupava com ela. Mas sofrera-lhe as consequências toda a vida.

* * *

O espólio de Pedro era enorme. Por entre cartas de apaixonadas, bilhetes, dedicatórias, artigos, entrevistas e livros escritos sobre ele, a Academia dos Amadores do Desejo elegera, para afixar na sala de conferências, uma carta que uma das apaixonadas dele escrevera. Emoldurada em madeira dourada, sobre um fundo de veludo azul claro, aquele documento emprestava um ar de dignidade histórica ao local. Constava assim:

Declaração de amor em 45 parágrafos

Pedro, esta é a carta que qualquer uma, tua apaixonada, te poderia ter escrito.

Por isso é anónima. Não por cobardia, mas por universalidade.

O formato que escolhi é uma paródia ao teu livro Da técnica em enamoramento.

1

És fascinante. É com esse fascínio que dás aulas, encantas e vives.

2

Dificilmente alguém ousa opor-se-te. Por isso és dado a traições e mexericos.

Todos te querem por amigo.

3

Quem te tem no coração? Os que contigo estabeleceram um pacto de sangue. Os filhos e os que teus filhos se tornaram.

4

Sou tua filha também. E também és meu menino, porque vibro com o que pensas, escreves e vives.

5

Mesmo sabendo que não consigo perceber-te por inteiro, fizeste de mim discípula.

Pegas na minha mão e mostras-me o caminho que, por generosidade e companheirismo, fazes também meu.

6

Tu não queres ser admirado. Mas amar-te inclui admirar-te.

7

Não me queres fascinada porque não me queres presa. Queres-me livre e autodeterminada.

8

Embora não pareça, dadas a exuberância e a paixão de viver que te animam, tu queres que todos os que a ti se ligam sejam livres. Livres do teu poder e domínio.

9

No entanto, tu bem sabes que um professor tem de exercer algum poder sobre os seus alunos para os demover da mediocridade.

Acaso não fosses fascinante não ensinarias e, bem assim, a ninguém seduzirias.

10

Pensar que as mulheres que gostam do amor te identificam como «o amante» é retirar o poder que exerces sobre elas, bem como o poder que de ti se verte sobre aqueles a quem ensinas.

11

Sedução e poder, excelência e amor vão de mãos dadas.

12

Confesso que desde sempre me senti um objeto.

13

Emprestas a tua formidável e exuberante libido a todos os que amas. Refletes-te neles e por isso desiludes-te.

14

És um apaixonado! Fizeste-me saber o que é ser amada, descobrir-me mulher e gente, enfim!

15

«Quem sou eu?» perguntas-me tu.

Essa é a pergunta que colocas a todos quantos te seguem e admiram.

16

Por mim falo, ousando responder: sou alguém que pensa ser seguidora mas descobre que é divergente.

17

Se te pudesse inventar uma genealogia, serias um filho vadio do mundo.

18

És um sabedor de inúmeros conhecimentos, criador de cenários impensáveis mas inteligíveis. Isso é suficiente para te tornares um clássico.

19

Proclamas o regresso à pureza das origens e és irreverente a subverter os clichés do nosso tempo.

20

És um conhecedor da necessidade, tão humana, de manter a ilusão de que tudo continua conforme o instituído.

21

Quando menos esperas, rompes com o pensamento do passado.

22

Precisas, contudo, de alguma continuidade para manteres a tua identidade e o lugar que deténs no mundo, o qual te permite continuar a falar e a ser ouvido.

23

Um dia terás de romper com os mestres.

24

Enquanto esperas esse corte, escreves palavras que parece serem de outros mas são pensamentos teus.

25

Quem tem pensamentos próprios está condenado à solidão.

26

Talvez por isso, colocas os outros na tua vida e com eles te interrogas.

27

Ensinas, numa nova maneira de dizer, «amas».

Emprestas o teu caminho aos teus alunos, ouvintes e amantes. Tu sabes que, sem eles, não há estrada para percorrer.

28

O teu lugar no mundo é o de professor e de amante.

29

Gostarias que fosse reconhecido o teu gesto: liberdade, saber e criação.

30

A tragédia é que se amas, dominas a coisa amada.

Se ensinas, subjugas o aprendiz.

O que desejas é subverter e libertar a coisa amada e o aluno.

31

Quanto a mim, sou a presa que encontra o seu caçador, a estudante que aspira pelo seu professor.

As relações não são simétricas, ensinas tu.

32

Podes dedicar-te ao pastoreio ou à vida mais sedentária, cultivando a abundância. Terás de abdicar do prazer louco da perseguição e o da posse que nunca sacia.

33

Por isso, se te estabeleces, não descansas enquanto não organizas expedições e incursões em territórios estranhos.

34

Se te sedentarizas, quase que morres por esqueceres a fruição do encaixe perfeito entre o descobridor e a coisa achada.

35

Persegues os teus discípulos. Queres torná-los ávidos das artes já esquecidas de amar e de pensar.

36

O teu interior é também o tempo do frémito, da expectação, da estratégia, e da luta.

37

O teu sonho parece quimérico: fomentar a igualdade e a autodeterminação na mulher amada, nos alunos que ensinas.

38

O sonho é sonho porque o amor e o pensamento são da ordem de uma relação perseguidor-perseguido.

39

Sonho de uma paz prometida, desassossegada e incompleta, nunca chegada. Se alcançada, é, de imediato, esquecida.

40

Também és presa de ti mesmo. Tu, menino, em busca do amor; curioso pela vida.

41

Para que o amor e o pensamento se façam história têm de se encontrar. Nesse momento, presença é gozo, revelação e iluminação. Nesse momento, ausência é eternidade e recomeço.

42

És um questionador, alheio aos custos e aos obstáculos para encontrar as respostas.

43

Atraem-te as dificuldades que se opõem à satisfação das tuas necessidades. Chamas a isso generosidade. Chamo a isso ferocidade na perseguição da verdade.

44

Pões-te em risco nessa perseguição que sabes ultrapassar-te e poder destruir-te. Páras no derradeiro momento, definitivo e fatal, em prol do afeto.

45

Em nome da verdade, perdoa a redundância: amo-te.

VIII
Neptuno e gaúcho

No Hotel chamado «Desejo», Pedro, com cinquenta e sete anos, puxou Ava para si:

«Como vais contar o que aconteceu aqui hoje?»

«Não sei!»

Tinham-se apercebido, naquele instante, que a meia hora que havia passado fora contada no relógio de ambos como tendo sido sete.

Ela sentira Pedro dentro de si doce, violento e dominador. Vira-o como um Neptuno no interior do oceano, manobrando um tridente: um deus louco que a dissolvia e possuía.

Vira-o como um fauno e gaúcho e, a si, como caça, a ser caçada. Ele, um cavalo, ela, uma égua.

Naquela época, Pedro era casado. Haviam-se desencontrado no tempo.

Ela lembrava-se dos primeiros encontros e dos sentimentos contraditórios dessa época: por um lado, queria revelar-se-lhe, por outro, achava que ele não queria saber dessa revelação. Lembrava-se de ter pensado que precisava manter-se opaca, incógnita.

Ele dissera-lhe que, no dia em que ela provasse do seu sémen, ela teria de sair de casa para ir viver consigo. Ela não o fizera, não por falta de amor, mas porque queria viver com ele uma vida desimpedida dos fardos que a atormentavam. Não queria invadir a relação de ambos com o passado.

O silêncio que deixara cair sobre o assunto permanecera como um mal-entendido entre ambos. Ela achava que, acaso se explicasse, ele designaria de desculpas vãs as suas justificações.

Pedro ficou com dúvidas acerca da autenticidade do amor dela e, intimamente, passou a achar justo o seu sofrimento, quando se separavam.

Ava, após o dia em que o viu como Neptuno e gaúcho, percebeu que estava irremediavelmente perdida e dependente do amor dele.

Percebeu que iria sentir todas as ausências de Pedro com ciúmes dilacerantes que nunca havia antes experimentado.

Um dia, aspirou a não ser nada mais que uma possessão dele: algo que ele usasse, segundo o seu desejo.

Nesse dia, compreendeu que ambos diziam um ao outro o contrário do que mais desejavam. Ele, embora dissesse que queria casar, o que mais desejava era continuar a amá-la. Paradoxalmente, no dia em que a conhecesse bem, o desejo iniciaria uma inexorável queda. Depois de casar, amá-la-ia mais, desejá-la-ia menos. Iria, mais tarde ou mais cedo, em busca de outra.

Ela, por seu lado, pedia-lhe que ele não a abandonasse mas, no fundo, sofrer de desejo por ele era o que mais desejava sem, contudo, o querer. Retirava um prazer mórbido de um ensejo assim. Depois, ensandecia de ciúmes até o ter de novo.

Quando estava com ele, desejava que ele lhe desse tudo a quanto aspirava. Não era difícil, porque era precisamente o que ele melhor sabia fazer.

Ela queria que ele lhe entregasse o seu desejo no momento e lugares exatos do dela. Queria que ele a dominasse e lhe batesse.

Amar aquele homem era esplêndido e insuportável.

Da última vez em que tinham estado juntos, ele dissera-lhe que ela era louca. Animada por um espírito curioso e marginal, não teria ela tido experiências com mulheres?

Ela, perplexa, contara-lhe em jeito de resposta, quantos namorados tivera, quantos homicídios cometera, quantas igrejas assaltara e, bem assim, algumas das famas que granjeara na rua da sua infância. Contara-lhe o pior de si: o sangue que sugara e as atrocidades que cometera.

Com todas aquelas revelações ela comprometeu, para sempre, o pacto de decoro e de reserva que fizera consigo própria.

Ele, sensibilizado e surpreendido pela sua coragem e abertura, contara-lhe, em contrapartida, quantos atos perversos cometera na vida. Revelara-lhe a sua louca puberdade e não menos ensandecida juventude. Falara-lhe do ar falsamente pudibundo com que se entregara a vários atentados ao pudor, ao mundo marginal, à vida de bandido, a consumos desbragados e, até mesmo, a experiências enquanto lobisomem.

Ambos se riram um do outro e de si mesmos.

Em todos os momentos que estavam juntos, a tranquilidade ia-se instalando em Ava. O sentimento de ser compreendida por um homem muito inteligente.

IX
Procurando no passado

Ava questionou-se se, por acaso, teria medo de ser feliz. Perguntou-se se teria medo de casar com um Dom Juan.

Lembrou-se da sua infância e do sentimento de estranheza de ter tido, por pai, um homem semelhante. Aquela experiência não lhe era desconhecida.

Até o comentário velado que ele tecera acerca do seu peito reproduzira uma apreciação que o pai lhe fizera há muitos anos. A ferida havia já sarado mas, quando ele lhe tocou, ainda doeu.

Uma noite, estando interessada em compreender melhor as suas origens, perguntou à mãe se ela não se entristecia de ser casada com um homem assim.

A mãe respondeu que não. Ainda bem que o marido gostava de mulheres. Pior seria se gostasse de homens!

Quis saber se a mãe não tinha ciúmes do pai. Ela respondeu que não. Para que lhe serviria um homem triste em casa? Gostava dele o suficiente para saber que as mulheres lhe eram indispensáveis: um estímulo para viver e criar.

O que ela não disse, mas Ava sabia, é que a mãe aceitava tudo porque sabia-se a pessoa mais importante da vida do pai. Ela era aquela sem a qual ele não saberia viver.

O pai, que ouvia as perguntas da filha, acrescentou que uma pessoa podia gostar de várias ao mesmo tempo! Era um equívoco pensar o contrário. Cúmplices, ambos desataram a rir.

Ava pensou que aqueles dois tinham encontrado, sem o saberem, uma solução para um problema insolúvel.

Recentemente o pai, com oitenta e sete anos, apaixonara-se de novo. Andava bisonho, pensando que as mulheres já não o achavam interessante.

Ava admirou-lhe a capacidade de amar. Contudo, colocando-se no lugar da mãe, achou-o insuportável.

Pedro era diferente do pai. Estava ainda animado da esperança de ser feliz, sendo casado.

Um dia, Ava perguntou isso mesmo a Pedro. Porque é que ele, um homem genial, ainda sonhava ser feliz? Ele riu com gosto.

Malgrado o aviso que a todo o momento soava no seu coração, o que Ava lhe queria dizer era que o amava, tal qual ele era.

O que Pedro e Ava pensavam, mas não diziam, é que ele ainda falava de fidelidade por decoro e por medo de a perder.

Quando percebeu que ela o aceitava e continuava a amar, suspirou de alívio:

«Contigo, sinto-me à-vontade! Não tenho de fingir!»

A ela parecia-lhe imprescindível que ele perdesse a esperança de algum dia vir a ser feliz. Até poderiam viver juntos, mas seriam sempre dois medianamente insatisfeitos. Se ambos o pudessem aceitar, talvez pudessem cumprir a fantasia dele: a de envelhecerem juntos. Ela bem gostaria, porque o achava um homem fascinante. Como a mente é ainda mais infiel que o corpo, ela sabia estar a pensar o oposto do que desejava. Porque, no dia em que ele concluísse que estar consigo era uma experiência tão insatisfatória como a de estar com a mulher, ele deixar-se-ia ficar em casa. Nesse dia, a paixão haveria já sucumbido.

Só de pensar nesse dia negro, Ava tremia.

Estas eram as verídicas e sensatas razões que a impediam de desenvolver o tema da «infelicidade garantida» no casamento. Ela ficava-se pelo mutismo absoluto.

Não era ele mais velho e sabedor? Então seria, de certeza, mais avisado que ela. Ela podia deixar-se de papéis falsamente protetores para, ao invés, passar a ser mais lutadora pela verdade do seu afeto.

X
Angústia

Como é de todos sabido, mas frequentemente negado, todas as mulheres têm um espírito infantil e imaturo. Ava não escapava à regra. Embora fosse discorrendo, com inegável progresso, acerca das experiências vividas com Pedro, o facto é que, para grande desespero dele, ela perdia a razoabilidade que parecia ter conquistado.

A meio do Inverno, quando Pedro foi trabalhar para longe durante um mês, ela passou alguns dias submersa em angústia e pensamentos de vómito.

Pedro considerava, não sem razão, que ela suportava mal as separações: ou ficava zangada ou enlouquecida de tristeza. Ela não conseguia suportar a ausência dele.

De facto, um dia, depois de se ter sentido desamparada, com o pressentimento que aquela relação sairia frustrada, chorou convulsivamente.

O desespero levou-a a escrever umas linhas como epílogo de uma história ou introdução de outra. Os seus temores resumiam-se sempre às mesmas monótonas dúvidas.

Na perspetiva daquele dia de alucinação, ela pensou ter descoberto quem Pedro era: alguém que procurava ser genuinamente fiel. A questão que, até aí, se lhe afigurara como a mais difícil de suportar estava resolvida. Ele procurava a satisfação perene: a vida é que o atraiçoava.

Para ele, a fidelidade era eterna, se olhada para o ponto escuro onde convergiam todas as linhas desse instante inefável. Deixava de o ser, se a fidelidade fosse olhada pela perspetiva diacrónica. Ele era seletivo. Ava sentiu-se agraciada por ser a eleita da ocasião.

A lista de inquietações de Ava, porém, não se ficava por ali. Ela pensara que o pior seria sofrer de ciúmes. Mas o pior e mais amargo era o facto de ele ser reservado. Sentia-se excluída do mundo que ele mantinha longe de todos, ou que revelava em parcelas, à vez, a pessoas diferentes.

Chorou. Soube que nunca seria chamada para preencher aquela solidão e, se o fosse, permaneceria sempre num outro local de si, inacessível. Depois, deu-se conta de que substituíra os ciúmes que tinha das outras mulheres, pelo ciúme de partes dele mesmo! Exasperou-se.

Como não via solução para aquele problema, inventariou outro. Pensou que ambos tinham muitos pontos em comum e outros radicalmente diferentes.

«Eu gosto de aspetos da vida que suspeito serem para ti algo semelhante à morte», dissera-lhe ela, referindo-se ao seu gosto pela quietude.

«Tu e eu partimos de pontos diferentes, tivemos histórias diferentes, mas pertencemo-nos um ao outro, fazemos parte um do outro!», respondera-lhe ele, apaixonado.

Ela começou a pensar que aquela relação extraordinária poderia ser também devastadora: ora um vulcão de desejo ora um cataclismo, quando a zanga eclodisse. Quando se detestassem, seria uma experiência tão avassaladora e cruenta como a de quando se amavam.

Ele não suportaria os dias em que ela não estivesse bem-disposta. Tudo quanto fizesse parte da vida dela teria de ser ocultado na relação com ele. Ele queria sentir-se o sol que depura toda a sombra das coisas que ilumina. Ele não admitiria um amor que fosse menos do que isso. Ava não poderia desabafar com ele. Ele não tinha disponibilidade para ouvir problemas. As queixas dela soar-lhe-iam a lamechices. Ele não toleraria cansaços ou ausências de desejo. Não suportaria infantilidades e pouca cultura. Tão-pouco suportaria que ela se esquivasse a acompanhá-lo nas suas atividades sociais. Ele achava-se merecedor do que pedia. Segundo ele, a mulher que o amasse largaria tudo para o adorar, mas teria de se manter suficientemente autónoma para não depender de si.

Ela, por seu lado, não aguentaria a exaustão de dormir pouco, ter pouco silêncio, e ser tratada com atitudes críticas e exigentes. Supunha-se simultaneamente crente e cética, dada e solitária, perfeccionista e descuidada, alegre e depressiva, hesitante e decidida. Um quebra-cabeças para qualquer um que a levasse a sério. Todavia, no dia em que deixasse de poder manifestar-se, o amor estaria comprometido. O dia em que tivesse de ser formal, sufocando a sua informalidade; o dia em que ocultasse a sua irreverência e criancice.

A seguir, ela pensou o pior. Afinal, ele tinha uma alma de celibatário. Procurava uma mulher com quem pudesse realizar o desejo de viver ao «lado de», mas não «com». No limiar do paradoxo, procurava uma testemunha para os seus «crimes». O problema é que ela tinha carências idênticas.

Suspirou, agoniada com os pensamentos com que se emaranhava para fugir ao amor mais belo da sua vida.

* * *

Recordou o momento em que ele dissera que daí a quinze dias sairia de casa para a esperar numa outra. Temia, agora, que ele nunca mais repetisse aquele ímpeto.

Ela ficara tão aflita, que ele concluíra que ela ainda não estava preparada para a mudança.

Ela deixara-o pensar assim, mas estava arrependida.

Dever-lhe-ia ter dito que o pânico se devia apenas ao facto de se sentir imatura.

Para ela, pouco ou nenhum préstimo tinha a sua própria vida. Havia alturas em que sabia não lhe fazer diferença alguma morrer, ou estar viva.

Estar viva era algo que cumpria, realizando o tempo que lhe era dado viver. Também não podia negar que tinha uma grande vontade de viver, mas essa vontade não podia ser justificada.

Era preguiçosa e crente num mundo mágico em que não eram precisas explicações para ser entendida – respondeu-lhe, dizendo que queria ser sua namorada. Esse era o único compromisso de que se sabia capaz.

Ele concordou em esperar sete anos. Seriam como o vinho do Porto.

Ela pensava não ser capaz de mudar. Não tinha fé em si própria.

Surgiu um dia no qual ele confessou não lhe apetecer continuar a viver com a mulher. Parecia estar impaciente. Porém, ela não se tinha ainda decidido.

Ele ficou magoado e respondeu que, como era completamente amoral, não tinha problemas em ter duas mulheres em simultâneo.

Ela ficou aliviada por ele não deixar a mulher, julgando ter-se libertado da insuportável culpa. Mas, como o destino dos afetos é falho de glória, Ava passou a chorar amargamente sobre a libertação de Pedro.

Ela remetia-se ao lugar secundário na vida de Pedro como se esse fosse o principal.

Ele, algo enfadado, disse-lhe que ela era como as mulheres que preferiam o amparo ao amor.

Ela emudeceu, supondo que, dessa maneira, ele continuaria à espera.

Ele disse-lhe, entristecido, que ela só o queria por amante e deixava correr o amor à espera que um acontecimento lhe pusesse fim.

Ava sabia que, em parte, era verdade. Ela construíra-se na solidão. Sabia também ser capaz de amar a amargura e a desesperança dele. Desamparo era um estado de espírito que ela enfrentava num lugar diferente do dele. Resolvia-o no mundo das ilusões e das fantasias, enquanto ele o fazia no mundo material.

* * *

Quando se aproxima o fim, já não restam imagens da lembrança; só restam palavras. Não é estranho que o tempo tenha confundido as que alguma vez me representaram com as que foram símbolo do destino de quem me acompanhou, por tantos séculos. Eu fui Homero; em breve serei Ninguém, como Ulisses; em breve, serei todos: estarei morto.

Aquela fora a última frase que lera do «Imortal»[13], antes de tombar num sono intranquilo.

A fotografia de Borges olhava-a. O rosto e o espírito achava-os parecidos com os de Pedro.

Acordara a transpirar de um pesadelo.

No sonho, Pedro dobrava, bem-disposto, a luxuosa revista Comodista, enquanto terminava a sua abundante refeição da manhã.

Despediu-se dela com um beijo afetuoso.

Ela, que não tinha ainda terminado o pequeno-almoço abriu, casualmente, na página que ele lera por último. Era uma notícia sobre genética humana. Tratava-se do último protótipo do rhesus sapiens-sapiens (RSS), a macaquinha que parecia humana. O animalzinho aguardava quem o fosse buscar ao zoo-humano, o qual precisava de novos mecenas. Procurava sobreviver à crise económica. Aquela instituição iria, em breve, encerrar. Os administradores, responsáveis pela liquidação do espólio, tinham assinado com o Ministério dos Últimos Redutos Humanos (MURH) um termo de responsabilidade. Por este, comprometiam-se a entregar o espécime, fruto de cuidados e investigações, a quem provasse pertencer àquele um por cento da humanidade que sabia pensar e não fazia depender o pensamento nem de religiões, nem de monarquias ou de credos.

A notícia não adiantava qual o futuro que aguardava a macaquinha. No entanto, o anúncio do seu destino prefigurava-se, nas malhas do texto, como definitivo e cruel. O modelo «macaquinha humana» teria o futuro ensombrado acaso não aparecesse, para a resgatar, alguém que não fosse proveniente do universo humano inconstante e medroso. O artigo descrevia o perfil da macaquinha que era como gente. Era como gente na aparência, mas tinha sido estudada e concebida como a perfeita companheira: não sofria de ansiedades de separação, não sofria de dores femininas nem de quaisquer outras neuroses. Tinha voz suave, estava sempre pronta para o amor, sabia ler, apreciar, calar e concordar. Ava fechou a *Comodista* e caiu num abismo que quase a despertou. No entanto, a lembrança de uma fotografia de alguém que julgou identificar, interrompeu-lhe a queda. Voltou à sala de jantar e abriu de novo a *Comodista*. Com as mãos trémulas procurou a fotografia, num frenesim. De súbito, por baixo de uma notícia, estava a fotografia. Olhou espantada: era a sua fotografia!

O que é que a sua fotografia fazia na *Comodista*? Na angústia de quem vai descobrir o que já sabe, leu a legenda que estava inscrita em letras garrafais: «ALIANÇA MURH-ZOO SALVA ESPÉCIME».

* * *

Acordou. Pegou num lápis e escreveu:

Preciso de me salvar! Sair deste inferno! De bons e de maus demónios! Deste cárcere que me aprisiona, de que nem a educação, a religião, a ciência ou a cultura me livraram!

De nada me serve o já sabido. Nesse, não vejo beleza ou custo.

Preciso de não ter medo de me revelar. Liberta este corpo que aponta caminho para ti, e me faz sonhar o delírio da tua presença absoluta.

Estou ainda amordaçada neste corpo que é uma mente.

Liberta-me da fome, da refeição magra, higiénica e rápida!

Essa é a condição do desejo: a de se realizar.

XI
Na costa sul de Itália

A pele de Ava, já rota e inútil, soltou-se do corpo. No chão ficaram os medos, as insónias e as dores. No novo corpo não havia lugar para o pudor nem para a ansiedade.

«Viste agora?», ele estava surpreso e radiante. Mal podia acreditar! Porém, olhando o chão de madeira envernizada que ela pisava, teve a confirmação.

Ava resplandecia num novo corpo e, a seus pés, jaziam imprestáveis os despojos de um outro. Neles identificou, um a um, retratos seus e dele: ela, macaquinha; ele, com a expressão de alguém que a poderia magoar. Também havia imagens do sofrimento dela, que tanto o haviam culpabilizado, e imagens dele, incompreendido na sua sinceridade.

Agora, ela estava ali, nua, leve, olhando-o com um sorriso. Ele teve, pela primeira vez, a certeza de que a serenidade que experimentava era compartilhada.

Abraçou-a na noite quente.

«Quero dar um passeio contigo, a pé. Mostrar-te as minhas araucárias, as palmeiras kensias, nolinas, yucas e os dragoeiros centenários. Quero mostrar-te as canas índicas, os catos e as várias eufórbias. Levar-te, por entre os ibiscos rosa e amarelos, as hortênsias, as estrelícias, fúcsias, agapantos roxos e brancos, por entre os lírios roxos, brancos, amarelos e mesclados, até bem ao fundo do meu jardim. Quero compartilhá-lo todo contigo. Quero mostrar-te o meu lago com peixes. Fazer amor contigo na minha piscina, à noite, na água aquecida. Cantar-te Brassins. Amar-te molhado. Adormecer contigo. Dançar. Somos perfeitos em tudo.»

Ele fez um curto silêncio. Caminhavam juntos.

«Quantas vezes é dado a duas pessoas encontrarem-se assim na vida?».

Contemplaram a imagem refletida de ambos nos seus olhos.

Com ele tinha uma intimidade única e esplêndida.

Ele não sabia, mas fora ele quem lhe dera a ler a vida e o mundo. Ela adorava aprendê-los consigo.

«Não há célula do meu corpo que não tenha a tua assinatura!», disse ele.

Riram-se e amaram-se.

* * *

Ava recordou um dia, do início da sua relação com Pedro. Estava na mercearia, quando ele lhe telefonara. Ficou excitada. Ele estava a escrever um conto sobre o «envelhecer a dois». Imaginara-se a envelhecer junto dela. Lamentava não contar com ela para um encontro daí a vinte anos. Imaginara-se sentado num banco, junto ao Sena, acariciando-lhe os cabelos.

«Passaria o resto da minha vida a fazê-lo», dissera-lhe uma vez.

Naquela tarde, quando Ava ouviu a voz dele, o dia inundou-se de luz. Viu, na face do merceeiro, a metamorfose que se operara nela. Ele parecia ter entendido a felicidade e a urgência daquela cliente em ser atendida. Ela saiu da loja, procurando respirar melhor.

Pensara já ter perdido Pedro. Mas, como naquela altura ainda precisava de contar muitas «histórias» a si mesma, pretendeu ficar aliviada por ele estar conformado em ser, apenas, seu amigo. O coração falava-lhe de uma maravilhosa hipótese: a de ele não estar convertido. Era por essa esperança inconfessável que o mundo se tornara, de repente, tão belo.

Precisava da segurança e do conforto da ilusão. Naquela época, o seu fraco espírito não aguentava o peso da paixão. Todavia, foi capaz de demonstrar sem equívocos, no telefonema, o quanto gostaria de ir ter com ele. Planeava, contudo, a morte daquele fantástico afeto.

«Tu, Ava, és perita em ressuscitar esperanças aonde elas já tinham soçobrado», disse ele radiante. «Só preciso de me vestir. Gosto de trabalhar em casa à vontade, meio nu. Vem buscar-me daqui a um quarto de hora.»

Ela, de súbito, sentiu-se feia e mal vestida.

«Estou com trapos de fim-de-semana!», queixou-se. Gostaria de ir a casa arranjar-se melhor.

«Tu, Ava, nunca estás mal vestida.»

Foram as palavras mágicas. Correu ao seu encontro. Na viagem, cantou e voou. Pela primeira vez, após dois meses de um namoro ditado por um término a si própria decretado, sentiu-se livre, esperançosa e esplêndida.

Quando chegou, ele já a aguardava na rua. Sorria-lhe. Na mão trazia um livro: o último que escrevera. O lançamento estava marcado para daí a uma semana.

Ela encostou rapidamente o carro para ele entrar. Impulsivamente, agarrou-lhe a cara na sua direção. Deu-lhe o segundo beijo que foi, no entanto, o primeiro ditado pela consciência do desejo.

«Estou contente, como um menino a quem dão uma prenda!»

Ele tinha pouco tempo. Sugeriu pararem ali perto para beberem um café. Indicou-lhe o percurso. Ela tinha quase perdido a capacidade de conduzir. Na rua, abriu os braços na direção dele:

«Abraça-me! Com muita força!» Ele anuiu, espantado.

«Com mais força! mais, mais!».

«Não sei se sabes os perigos que corres. Nesta rua sou conhecido de toda a gente», disse ele a sorrir.

«Não faz mal. Passo por louca, ou por tua filha!»

«Fico contente por ver-te assim». Ele estava feliz e perplexo. Acaso ele tivesse ficado calado, ela prosseguiria no seu desvario. Mas como ele lhe chamou a atenção, o algoz interior inibiu-a.

E, quando ele lhe procurou a mão, ela esquivou-se.

«Não percebo nada de ti, Ava!»

Encaminharam-se para uma pastelaria de bairro. Empurrou-a, de chofre, para dentro de um vão de escada de um prédio antigo. A porta estava convidativamente aberta. Lá dentro, encostou-a à parede. Beijou-a.

«Deixa-me tocar-te os seios… Não aguento mais!», disse, suplicante. Ela sentiu-lhe o desejo na sua direção.

«São como eu tinha imaginado… Quereria beber por elas!».

«Não quero fazer amor aqui!», disse ela, assustada, como uma menina. Aquele não era o local que ele lhe havia prometido, algures no sul da costa de Itália.

Quando entraram na pastelaria, o espaço afigurou-se agreste à beleza dos dois. Ele pediu café, ela, leite. Ele ofereceu-lhe o seu último livro de poesia que autografou. Deu-lhe a ler um poema sobre o homem do Neandertal.

«Sou maluco!», disse, enquanto ela lia, em voz alta, para ambos.

«Neste momento a tua opinião é a mais importante para mim.» Ela ficou espantada. «Bebo cada palavra tua, como uma coisa louca! Aguardo cada frase tua, como quem aguarda revelar-se na boca do outro. Não sentes tu o mesmo?».

Ficaram ambos em silêncio a adorarem-se com todos os sentidos.

«Há bocado, Ava, tu tinhas feito amor comigo ali na escada, não tinhas?».

Ele estava louco por ela, e ela por ele. Os olhos dele, inusitadamente salientes e pesados, pareciam saltar das pálpebras. Enquanto falavam, ela sentia estar a pisar algo desconhecido. De repente, aturdida, percebeu! Sem saber como, o seu pé direito pisava o esquerdo dele. Retirou-o imediatamente, pedindo desculpa. Ele pediu-lhe, suplicante, para não o retirar. Esse momento nunca mais o pôde esquecer. Sorri sozinha. Deseja-o mais.

* * *

Da primeira vez que foi ter com ele ao quarto seiscentos e sete do hotel, ele esperava-a com um sorriso doce. Abriu a porta e puxou-a para si. Pausadamente fez-lhe festas na cara que ela bebeu, sorveu, incorporou como alimentos raros e únicos de que carecia.

Da segunda vez, no quarto quinhentos e sete, ele aguardou-a por dez longos minutos.

«Olha o que fazes a um sexagenário! Fiz-te um soneto, enquanto esperava»:

Voltaste numa noite e regressaste
Com os olhos rasgados de incertezas
Trazias na bagagem um desgaste
De noites povoadas de tristezas

Olhámo-nos depois com o olhar
De quem inaugura seus segredos
Quiseste vir comigo ver o mar
Embora houvesse ainda tantos medos

Espero-te agora junto à praia
Onde o nosso desejo principia
E eros prolongado se desmaia

Porque agora amor, agora é dia
Que a roupa torturada agora caia
Reinventando assim a alegria

Dias depois, ele duvidou dela. Perguntou-lhe, ansioso:

«Aonde guardaste o meu soneto? Não o rasgaste? Foi escrito naqueles momentos da maior fragilidade, enquanto te esperava.»

Ela viu-lhe o coração partido. O coração que ciosamente escondia. Viu-lhe a enorme fratura. Pegou nele, juntou-lhe as partes, esperando que soldassem com o seu amor. Depois, sem que ele se desse conta, tudo se passou num momento sem tempo, devolveu-lho inteiro.

XII
Intemporalidade

A luz suave da aurora de Verão entrava pelo quarto dentro. Pedro pressentiu, no silêncio quente, a breve demora suspensa que antecede uma revelação. Nos primeiros acordes de aves e insetos ouviu-se, dialogando:

O coração disse-me: Quero saber, quero conhecer! Instrui-me, Khayyam.

Tu que tanto trabalhaste.

Pronunciei a primeira letra do alfabeto e o coração disse-me:

Agora sei. Um é o primeiro algarismo do número que não acaba.[14]

Como um rasgão no tempo, Pedro vislumbrou no horizonte a primeira vez em que ouvira Omar Khayyam.

Algures, num tempo longínquo, viu que fora Filipe e amara Roseta. Nesse tempo indistinto tinha sido Álvaro e apaixonara-se por Flor de Seda. Espantado, descobriu Ava, Roseta e Flor de Seda: eram todas a mesma pessoa.

Naquele preciso instante, Ava estava no seu colo. Ela equilibrava-se, com ambas as mãos, nas que ele lhe estendia. A respiração dela, ofegante, sinalizava um idílio cruzado por beijos.

Ela entendeu, sem serem precisas palavras, o que ele lhe comunicava: ela era a «princesa» de um único e sempre mesmo amado homem, com outros nomes vividos.

Flor de Seda soluçou baixinho. Ele viu-lhe no rosto a verdade: era uma máscara de puro prazer. Reconheceram-se, considerando que se encontravam no lugar intemporal no qual sempre se haviam conhecido.

Ela, irmã, mãe, namorada, mulher e égua.

Ele, pai, amante, filho, Neptuno e gaúcho.

Referências bibliográficas dos autores citados

[1] Omar Khayyam: *Rubaiyat – Odes ao Vinho*, prefácio de E. M. de Melo e Castro, versão de Fernando Couto, Lisboa, Moraes Editores, s/d., p. 26.

[2] T. S. Eliot: «East Coker», in *Quatro Quartetos* [*Four Quartets*, 1944], tradução e introdução de Gualter Cunha, Lisboa, Relógio d'Água, 2004, p. 39.

[3] Matsuo Bashô: *O Gosto do Orvalho seguido de O Caminho Estreito*, versões e introdução de Jorge de Sousa Braga, Lisboa, Assírio & Alvim, 2003, p. 36.

[4] Frederico Nietzsche: *Assim Falava Zaratustra*, tradução de Carlos Grifo Babo, Lisboa, Editorial Presença, 1972, p. 69.

[5] *Êxodo*: 14: 21 a 23.

[6] Platão: *A República. Diálogos I*, tradução de Sampaio Marinho, Mem-Martins, Publicações Europa América, s/d. [1986], p. 221.

[7] Federico García Lorca: *Poesía Completa I*, edición y prólogo de Miguel García-Posada, Barcelona, Debolsillo, 2004, p. 180.

[8] Marquês de Sade: *Os Melhores Contos de Sade*, apresentação, seleção e tradução de João Costa, Lisboa, Arcádia, 3.ª edição, 1975.

[9] Pierre Klossowsky: «Sade mon prochain», in *Marquês de Sade*, *Op. cit.*, p. 31.

[10] *Levítico*: 20.

[11] António Vera: *cursivo menor*, Lisboa, Edições Colibri, 1998, p. 84.

[12] André Breton: *L'Amour Fou*, Paris, Gallimard, 1937.

[13] Jorge Luís Borges: «O Imortal», in *O Aleph — Obras Completas I*, São Paulo, Editora Globo, 1998, p. 605.

[14] Omar Khayyam: *Op. cit.*, estrofe 30, p. 26.

POSFÁCIO

A DIMENSÃO PARADOXAL DA NATUREZA HUMANA FACE À PAIXÃO*

por Maria Fernanda Alexandre

A escritora apresenta-se, nesta obra de ficção, como se fosse uma mensageira – tal como nas tragédias gregas e latinas – que traz consigo histórias de amores vividas por Patrícia – mulher que percorreu muitas primaveras e que, no outono da vida, pede à autora para narrar esse passado de desejos intemporais. Ao ler estas histórias de amor, vividas por esta mulher, a autora leva-nos para um tempo que só pode ser vivido no mundo dos sonhos e do fantástico e que é esculpido por uma miríade de afetos que condensam um passado que se transforma num presente e que sorri para um futuro. Estas histórias de paixão, vividas por Patrícia, condensam distintas qualidades de tempos e de espaços que nascem das várias fases do desenvolvimento psíquico. A escritora mostra, através da sua narrativa, como um pequeno instante da temporalidade da vida psíquica – como se de uma gota de

* Texto publicado no jornal *As Artes Entre as Letras*, nº 186, janeiro de 2017, pág. 26.

água se tratasse – é seguido por uma descontinuidade, por uma rotura e por um posterior reordenamento de formas e imagens. As personagens deste livro de ficção entrelaçam-se em diferentes tempos que nascem do processo criativo, mas em que não há permanência, mas uma continuidade indivisível. A personagem Filipe, que amara Roseta, era também Álvaro que se apaixonara por Flor de Seda e, ao longo da narrativa, descobre-se que Ava, Roseta e Flor de Seda eram todas a mesma pessoa que viviam as mesmas qualidades de amor e de paixão, mas em épocas diferentes. Estas personagens intemporais, descritas de uma forma poética pela narradora, viveram paixões intensas, como se vivessem no reino da fantasia, mas, inesperadamente, o leitor fica surpreendido e inquieta-se porque se reconhece e se espelha nestas mesmas relações amorosas.

O encontro amoroso de Filipe com Roseta é feito sobre o signo do desejo da completude entre ambos. Esta urgência amorosa, que vai colorir esta relação surge, por um lado, do encontro, vivido por ele "...dum sentimento insuportável de sensação de falta...", por outro, o desejo intenso dela viver os seus sonhos perfumados "...a terra molhada..." dum passado distante, mas tão próximo. A intensidade da paixão confunde os tempos da realidade e duma forma fantasmática, como se estivéssemos em contacto com Alice no país das maravilhas, surge "... vindo da sombra o lagarto de libré" que através duma missiva vai construir e ligar tempos tão remotos e tão presentes de forma a unir num elo apaixonado o par amoroso. Roseta parece viver num mundo parado, fora do tempo real, como só pode ser vivido na intensidade das grandes paixões. Ele, de tanta paixão, queria levá-la para um palácio e coroá-la rainha, e ela com o receio dessa intensidade desmedida pedia-lhe "tempo e espaço" e refugiava-se no seu mundo fantasmático interno povoado de amor estético e de beleza. Com a intensidade da paixão ele passou a chamá-la Flor de Seda. Como em todas as grandes paixões ela intuiu "...que iria tombar para dentro de Filipe" e progressivamente foi-se sentindo envolvida por uma doce densidade de luz e de som, ficando, por fim, sozinha naquele fundo. Assim, Flor de Seda pressente "que a espécie de oceano onde caíra era o lugar no interior dos olhos dele" e que ele estivera todo o tempo esperando ser reconhecido.

Estes amores construídos a partir de paixões intensas, descritos duma forma poética pela autora, colocam e empurram as personagens para um claustro onde se sentem prisioneiros de si próprios. A intensidade dos afetos das personagens faz-nos associar ao mito de Narciso, descrito nas *Metamorfoses* de Ovídio, que por impossibilidade de aceitar o olhar do outro, torna-se escravo do mundo das suas próprias sombras. Narciso, fascinado por si, ao ver o seu reflexo nas águas límpidas, como podemos constatar numa tela de Caravaggio, tenta abraçá-lo, mas quanto mais se aproximava mais a imagem se afastava e se esquivava. Percebeu que o objeto do seu amor era ele próprio e, torturado por esse desejo intenso e impossível, inicia a experiência da perda, da dor e da travessia do deserto na solidão. Narciso não era Deus omnipotente presente em todos os lados como imaginara, mas simplesmente um homem que se queria ver reconhecido através do olhar e do amor do outro.

A escritora aborda duma forma profunda – o que não será alheio a sua longa experiência clínica e a clareza e beleza da sua escrita – a paradoxalidade da natureza humana face às suas paixões. Pedro, duma forma apaixonada, diz a Ava que se pertenciam um ao outro para todo o sempre e que faziam parte um do outro. Ela, no silêncio do seu mundo interno, começou a pensar que "aquela relação extraordinária poderia também ser devastadora – ora um vulcão de desejo ora um cataclismo devastador". Tal como Narciso, Pedro "queria sentir-se o Sol que depura toda a sombra das coisas que ilumina e não admitia um amor que fosse menos do que isso".

As personagens deste livro – que se lê da primeira à última página com entusiasmo e prazer – mostram-nos os diferentes funcionamentos da natureza humana face ao Amor. Estas diversas personagens, que parecem representar as distintas facetas do narcisismo do ser humano, são escolhidas em conformidade com aquilo que a própria pessoa é, com o que ela própria foi, com o que ela própria gostaria de ser, ou com alguém que foi outrora uma parte dela mesmo, (Freud, 1914). Estas diferentes e variadas personagens, que se ligam e que se desligam, através de intensas paixões e dolorosas roturas surgem, no nosso ponto de vista, como distintas facetas das qualidades da natureza humana.

A escritora Maria José Vera, através duma escrita rica de imagens e de intenso simbolismo, leva-nos, com muita coragem, através dum pensamento que nasce do fantástico e do sonho, para o reino dos homens e das mulheres com todos os seus inevitáveis limites.

Parabéns Maria José pelo prazer que nos deu na leitura deste seu primeiro livro.

Lisboa, 1 de dezembro de 2016

Maria Fernanda Alexandre

SUMÁRIO

SEGUNDA PARTE
Um «Outro» desconhecido

TERCEIRA PARTE
Pedro e Ava

Impresso em Papel Coral Book 1.5, marfim, 90gr
Inverno de 2020